Frau Mandelkern lud zum Tee

Katharina Mälzer

Frau Mandelkern
lud zum Tee

Erzählungen

Umschlaggestaltung und Illustrationen:
Katharina Mälzer
Herstellung und Verlag:
BoD – Books on Demand, Norderstedt
ISBN 978-3-8482-1721-2

Katharina Mälzer wurde 1960 in Hohenstein-Ernstthal geboren. Seit dem Chemiestudium lebt sie in der Domstadt Merseburg. Sie arbeitet in der chemischen bzw. pharmazeutischen Industrie.

2010 schrieb sie den Erzählband *Achteinhalb Jahrzehnte*.

2012 belegte sie bei dem Schreibwettbewerb *Wie kam der Gabelstein auf den Domplatz?* den dritten Platz.

Für meine Eltern,
ohne die ich nicht wäre,
was ich bin.

Inhalt

Sonne, Mond und Sehnsucht

Lau war die Sommernacht und der Mond warf lange Schatten auf die erste Gestalt, die in bedächtigem Schritt, nicht zu schnell, nicht zu langsam, aber zielgerichtet von der musikerfüllten zur stillen, nur meeresumrauschten Seite der Insel ging. Es gab nur diesen einen Weg, wenn man nicht durch den feuchten, sich nachts ausruhenden Sand am Strand entlang gehen wollte.

Eine zweite einsame Gestalt bewegte sich in gleicher Richtung, graziler, vielleicht weiblich, im Vergleich zur ersten mit einem flotteren Schritt.

Seltsam mutete nun die dritte Gestalt an, die fast schon wie in einer mathematischen Reihe – in gleichem zeitlichen als auch örtlichen Abstand folgte. Nur rannte diese von Zeit zu Zeit.

Die Sonne scheint, brütend streckt sie ihre Strahlen über alles: das Meer, welches sanft und beinahe bewegungslos den glühenden Strand berührt und die Menschen, die auf Liegen und Matten, häufig ein aufgeklapptes Buch wie ein schützendes Dach über Bäuche gestülpt, vor sich hin dösen. Kinder, die still im seichten Wasser sitzen, stieren, die Plasteeimerchen in der einen, in der anderen Hand die Schippe, in das klare Wasser, aus dem sie die gefährlichen Medusen zu fischen hoffen.

Francesco, kubaliebender Italiener, hatte mit den ersten Sonnenstrahlen seinen Verkaufsstand aufgebaut. Er pfiff munter eine Melodie, die sich einem ins Hirn grub, hatte man sie erst einmal gehört. Kuba schien das Thema seines Standes zu sein, die Musikkassetten, das große Buch über die Geschichte des kubanischen Geldes, mit vielen Fotos, auf denen – stolz präsentierte er sie auserwählten Standbesuchern – sein Vater mit bedeutenden kubanischen Politikern zu sehen war.

Wenn Francescos offenes Hemd durch den Wind aufgeweht wurde, erblickte man Che Guevara, die in seine Brust tätowierte Illusion.

Stefan war das erste Mal auf der kleinen italienischen Insel. Er gehörte allerdings rasch zu den Auserwählten, die einen Blick ins heilige Buch Francescos werfen durften.

Eigentlich hatte er nur direkt vom Inselbäcker Ciabatta fürs Frühstück für sich und seine Freunde geholt, die den kühlen Morgen noch zum Schlafen nutzten, ehe die Körper wieder in der Sonne brutzelten. Und nun zögerte er vor dem Stand, um Ausschau nach einer geeigneten Kopfbedeckung zu halten. Er schaute lange, faßte nichts an, guckte nur von unten, von der Seite, bis sich Francesco zu ihm gesellte.

Das sich schwer entwickelnde Gespräch aus englischen, spanischen und italienischen Wortfetzen begann mit einer Seelenverwandtschaft aus Alter und Einsamkeit. Es endete mit einer Einladung zum kubanischen Abend mit einer Band von der benachbarten Hauptinsel.

Stefan bekam einen beigefarbenen Stoffhut verpaßt. Er traute sich nicht an die gehäkelte Kappe, wie Francesco sie über seinem weißen langen Haar trug. Ja, hätte er so schönes langes Haar wie Francesco, dann vielleicht, aber so schütter, wie es bei ihm war, da schützten ihn die lockeren Luftmaschen der Kappe kaum vor der Sonne. Es sei kein Problem, meinte Francesco, wenn er erst heute abend oder morgen bezahle. Der Hut kostete fast nichts, aber Stefan hatte das Geld für die Ciabatta exakt abgezählt mitgenommen.

Stefan brauchte eine gewisse Überredungskunst, um Clara und Nick, die schon viele Sommer auf der Insel verbracht hatten und daher auch die abgehalfterten Alleinunterhalter kannten, die an Urlaubsorten für wenig Geld mit viel Alkohol im Blut „Blutsverwandten" aufspielten, für den Geheimtip Francescos zu begeistern. Eine Live-Band von der Nachbarinsel, die kubanische Musik spielen würde! Stefan kannte die beiden erst wenige Jahre, war aber mittlerweile mit ihnen gut vertraut, man hatte Gedanken und Meinungen ausgetauscht, in der Sturm-und-Drang-Zeit gleich gedacht und gelebt und geliebt, obwohl sie in unterschiedlichen politischen Systemen groß geworden waren. Die Schwarzweißfotos der Jugendzeit wären beliebig austauschbar gewesen. Sie hatten ihn gesehen, wie er damals mit langem Haar und knabenhafter Figur im alten Mercedes seines Vaters mit Dachzelt campte. Seither guckte ihn manchmal Clara so eindringlich an, als ob sie ihn wiedererkennen wolle. So fragend, ob denn alles vorbei sei, das Gefühl, die Sehnsucht, die in einem hochsteigt. Die Wünsche, die man vage hatte, daß etwas passiere, ohne sagen zu können, was denn passieren soll. Daß irgendwann das Leben beginnt, das Erwachsenwerden, als sei ´s eine Metamorphose. Und nun war man erwachsen und vermißte den erwarteten Zauber. Stefan dachte an Vanessa, auf den Fotos von damals so rank und schlank – über der Bikinihose war der erste Ansatz zu sehen, wenn man genau hinschaute und

14

suchte, der die Massen von heute ankündigte: Vanessa, die sich fast verdreifacht hatte.

I Fraglioni, die Kneipe direkt am Hafen, war am Abend kaum wiederzuerkennen. Weiße Tischdecken, dezente Beleuchtung, man sah noch hin und her eilende Kellner. Die Band war noch nicht zu sehen, aber die Instrumente lagen schon bereit.

Stefan, Nick und Clara zogen schon die Stühle nach hinten, als sie bemerkten, daß der Dreiertisch ein Besetzt-Schild trug. Sie nahmen den nächsten Tisch weiter hinten, aber noch mit Blick zur Band, da begann die Musik. Die Lautsprecherbox hing direkt über ihren Ohren. Kurz verstummten ihre Gespräche, um dann lauter zu werden, man schrie die unverstandenen Worte mehrfach und durchdringender in die einzelnen Ohren, brüllte antwortend oder nachfragend zurück.

Sie packten ihre Cuba Libre und zogen nochmals um. Sofort kam die adrette Kellnerin, kassierte schnell ab, wer weiß, wohin die drei heute noch ziehen werden mit ihren Getränken.

Die Band bestand aus drei Musikern, uralt, von der Sonne verwöhnt mit ihrer gebräunten Haut, lange Haare, einer mit dunkler Wollmütze, kappenartig tief über den Kopf gestülpt. Ein anderer trug eine große Brille, mit einem Metallstab zog er über die Saiten seiner Gitarre, die er sitzend auf seinen Oberschenkeln liegen hatte. Es wurde gewechselt auf Mandoline und ganz exotische Saiteninstrumente. Ein klappriger Musiker, vertieft in seinen

Sound, stand mit Inbrunst an den Tambales und rasselte den Zuhörern seinen Rhythmus ins Blut.

Ah, Buena Vista Social Club, der Chan Chan, der, einmal gehört, sich tief ins Hirn grub!

Die Kneipe füllte sich. Aufgemotzte Italiener, die sich ihres Auftritts bewußt waren. Junge, hübsche Mädchen, zart und noch zarter gekleidet, die aufrecht durch die Tischreihen zogen, einen Arm seltsam nach hinten verbogen. Am verbogenen Arm wurden kleine Kinder hinterhergezogen. Wahrscheinlich war das Kindermädchen ausgefallen, oder waren es gar die Kindermädchen selbst? Niemand wollte die Band verpassen.

Ein blonder, junger Mann, aus den Requisiten von *Bay Watch* entstiegen, schien nach einer passenden Schönheit zu suchen. So viele Menschen beherbergte die Insel gar nicht, die hier zu Höchstform aufliefen.

Die Musik dröhnte, die drei hielten ihre Köpfe zusammengesteckt, zwei können jetzt immer den dritten sprechen hören. Der nächste Cuba Libre wurde gebracht, die Kellnerin schwebte wie eine Elfe, sie lief barfuß!

Francesco tauchte auf, er spendierte einen Piccolo – für drei? Beim Öffnen flog Konfetti. Francesco, der alte Genießer, war umringt von jungen Mädchen. Er genoß sichtlich deren Frische, schien sie förmlich in sich aufzusaugen, als schöpfe er daraus seine Kraft für die kommende Zeit.

16

Auch Stefan betrachtete die Mädchen Francescos, beugte sich zu Clara, suchte ihren Rat bei seiner Wahl: ja, die dort fände er schön, um schnell zurückzurudern, als würde ihm Clara seinen Wunsch sofort erfüllen können. Nein, die Brüste seien doch zu groß. Und als er Clara ein Kompliment für ihre schönen Brüste machte, die er ja am Strand bei hellster Sonne gesehen hatte, erschrocken ob seiner Keckheit innehaltend, merkte er, daß Clara ihm offen und lächelnd, vor allem aufmunternd nach mehr in die Augen blickte. Und er sprach weiter, über Clara! Clara fragte ihn, ob ihm Vanessa damals gefallen hätte. Er sagte, ja, damals!

Nick guckte irritiert, ließ sich kurz von Clara aufklären, um vorzuschlagen, sie sollten beide gehen, um Stefan seine Chance zu lassen. Clara lachte, ob er ernsthaft an so was glaube und ließ Nick ziehen.

Die von Stefan Favorisierte setzte sich an den Nebentisch – allein – auch sie wartete. Wartete auf jemanden, der sie ansprechen würde.

Clara fühlte sich im Weg. Sie wünschte ihm Glück. Und wenn er kein Italienisch verstehe, Lächeln und Küssen seien international verständlich.

Sie ging.

Er versuchte zu lächeln, bestellte noch einen Cuba Libre, nahm ein, zwei Schluck und verließ das Lokal.

Lau war die Sommernacht und der Mond warf lange Schatten.

Steinreich

Es ist der kleine Laden in einem Badeort im Meißner Wald, inmitten des hübschen Zentrums. Da, wo jeder auf den Kurgast wartet, alles schön vorbereitet ist für dessen Kommen. Ob Gemüsehändler, Boutiquen. Cafés, die Stühle und Tische stehen einsam und leer, auf den Stuhllehnen hängen die Decken. Es ist trüb und kalt.

Vor dem Laden hängen am Ständer die seidenen Fäden, an denen wiederum die Kreuze, kleine Kugeln oder Tropfen aus Amethyst, Rosenquarz, Hämatit. Vor Wochen, als Paula Klein jemanden suchte, um nach dem Weg zu fragen, stand er neben den Ständern, und sie fragte ihn, und er lief mit ihr ein winziges Stück bis um die Ecke, zeigte mit ausgestrecktem Arm den Weg, bis hinunter zu dem kleinen Häuschen, rechts herum und schon sei man am Ziel.

Nun betritt sie diesen kleinen Laden, weiß, daß der alte interessante Mann da ist. Sie geht, ihren Kopf einziehend, durch die niedrige Tür, steht im Laden, der alte Mann mit dem weißen Haar und der Schiebermütze sitzt an seinem Verkaufstisch. Paula lächelt ihn an, sie suche nach Farben, zeigt auf die über dem Tisch hängenden Schmuckstücke: alles Handarbeit – spricht er, und obwohl der Preis sichtbar ist, nennt er ihn. Die Kreuze, milchiggrün, türkisblau, schwarz, interessieren sie nicht. Sie suche etwas Rotes, rubin- oder korallenrot. Korallen? Diesen Verkauf wolle er nicht fördern. MK-Perlen wären wohl manchmal rot, je nachdem, welche Materialien miteinander verklebt würden. Er liest die Frage in ihrem Gesicht – MK-Perle? Muschelkern, pulverisiert. Aber er könne mit zartrosa helfen. Sie erblickt die Rosenquarzkugel. Sie faßt sie an, Leder? Nein, Seidenstrickband; geschmeidiger sei es mit Seide. Sie lächelt, er beschreibt die Kugel, die sie sieht: Rosenquarz, eingefaßt in Silber, in Delphinform. Sie überlegt nicht, hatte schon entschieden, schon vor Betreten des Raumes, daß sie etwas kauft. Ob er auch Lederbänder habe, in natürlichem

Braun. Ob sie das lieber trüge als das Seidenband? Nein, nein, es sei extra, für wen, sagt sie nicht. Aber sie fingert an ihrer Kette: auch Handarbeit: Jade. Er guckt, kneift die Augen zusammen, nein Malachit, viel edler und schöner. Kupfersilikat. Er habe früher als Mineraloge gearbeitet, Steine geschliffen. Früher, sagt er. Und als sie nicht fragt, erzählt er: Heute führe ich mit alten Menschen Malkurse durch. Sie dreht sich in die Richtung, in die er weist. Acrylgemalt hängt eine Hand über Wasser. Nicht schlecht, denkt sie. Hinter ihm hängen zwei Bilder mit zwei Hunden, die Augen so schwarz wie glänzende Hämatitkristalle. Das sei nicht seine Art zu malen. Aber eben seine Hunde. Sie lächelt, die haben aber brav Modell gestanden. Er hört darüber weg. Realismus sei das, er male lieber surrealistisch. Er greift schnell hinter den Tisch, zieht eine Handvoll Fotos heraus: Das bin ich und meine Ausstellung zum Thema Wasser. Ein Hund ist schwebend links am Himmel zu sehen, Wasser, ein Ertrinkender, der auf den Hund gekommen ist. Ein anderes Foto zeigt einen Arm, ist es der Arm Gottes, der von oben kommt und einen Mann im Nacken krallt. Andere Arme seien von Bankern, die das Geld aus fremden Taschen ziehen, der Hund oben links sei der gnädige Vater Staat. Das sei alles sein Realismus, und er wartet, daß sie protestiere. Sie lacht, verstehe, seine realen, echten, wahrhaftigen Gedanken, also sein Realismus. Er male mit alten Leuten, und die seien gut, würden fast Meisterwerke

20

zustande bringen. Er habe nichts mehr mit dem Finanzamt zu tun. Von dem, was sie eben kaufte, gingen zwei Euro an den Altenverein. Er verdiene nichts mehr, zeigt stolz auf die Zeitungsausschnitte, wo sie seinen Namen liest. Und hier: er streckt ihr ein samtenes Säckchen entgegen: Holen Sie sich ihren Glücksstein. Paula faßt hinein, sagt, sie müsse erst fühlen für ihr Glück. Glück versprechen könne er nicht, sagt er schnell, als hätte das jemand wegen eines Steines bei ihm eingefordert. Sie hat ihren Stein: ein geschliffenes, glattes, flaches Stück braungestreiften Achats. Dieser Stein gefärbt, erklärt er, wird auch gern als Onyx angeboten. Alles was begehrt, aber selten ist, würde von Menschen vermehrt werden. Ob über Färbung oder Erwärmung, versehen mit Überzügen aus Lack oder Ölen. Dann scheint er es eilig zu haben, sie hatte ihre Eiligkeit unterdrückt. Sie versteht seine herauskomplimentierenden Bewegungen, holt noch aus, seine Worte bedenkend, was der Rummel solle um Halbedelstein, um Edelstein; denn da, wo sie vorkämen, würden sie mit Füßen getreten, weil sie einfach auf der Straße lägen: Obsidiane! Das schwarze Glas der Vulkane. Und lockt mit diesem einen Wort den Mineralogen heraus. Der ihr nun graue, große, fast Feldsteine, die sicher hinter Glas in der Vitrine liegen, zeigt. Larimar. Sagt er und sie fragt sofort nach: Larimar? Ja, geschliffen hätten sie die Farbe des Meeres, ein wundervolles Blau! Und er fügt hinzu: Ich werde jetzt eine Gruppe von

21

Kindern haben, denen ich kindgemäß die Mineralien und Steine nahe bringe. Und sie hakt ein: Sprechen Sie aber ruhig über Kupfersilikat, Carbonate, Phosphate und Pektolith und Hämatit und was woraus besteht! Die Kinder werden es Ihnen danken, wenn sie damit für den Schulunterricht gewappnet sind. Denn was man als Kind lernt, prägt sich fürs Leben ein!

Er schmunzelt, drängt sie zur Tür.

Eine halbe Stunde später geht sie nochmals am Lädchen vorbei. Fast unbedacht. Kein Ständer mehr, keine Steine, nur an der Tür hängt ein Schild: Wenn wir Geld brauchen, ist am Nachmittag geöffnet!

Schokoladenpudding

Besorgt schaute sie in die betrübt blickenden Augen ihres Sohnes. Und mit leiser Stimme sprach sie, um nicht die Aufmerksamkeit des Vaters, der durch jedwede, besonders aber mimöschenhafte Verstimmung seines Sohnes in Rage geraten konnte, zu erregen: „Was ist?"

Verstehend nickte der Sohn mit seinen Augenlidern, der Vater verließ den Raum.

„Habt ihr euch gezankt?" – „Nö, wir haben Pudding gekocht."

Die Mutter war erleichtert, fast amüsiert, ein Auflachen vermied sie jedoch, wandelte es zu einem Lächeln. Nur Pudding, also nichts Ernstes. Zwei junge Leute, die den Alltag miteinander übten, die die Hindernisse in ihren Gewohnheiten anfingen kennenzulernen. Es machte sie froh, daß der Sohn mit ihr darüber sprechen wollte, also fragte sie weiter: „War es denn kein Schokoladenpudding?" – „Doch!" Die Antwort fiel kurz aus, der Sohn suchte das Spiel. Nunmehr entspannt schien er auf die nächste Frage zu warten.

Also es war Pudding, auch Schokopudding. Alle drei liebten in der Familie Schokoladenpudding, Vater, Mutter, Sohn. Im Laufe des Heranwachsens des Sohnes entwickelte sich auch eine Art Schokopudding-Ritual. Der gekochte Pudding wurde nach dem Kochen nicht mehr nur in drei Schälchen gegossen, um jedem seine Portion zu sichern. Zunächst wurde die Milchmenge von einem halben auf einen Liter erhöht. Dann wurden Schälchen mit größerer Grundfläche genommen und die Zahl der Schälchen wuchs, je nachdem, wie hoch oder besser flach man den Pudding einfüllte. Der gewünschte Effekt stellte sich nach kurzer Zeit ein: Die Oberfläche des Puddings verdunkelte sich. Die Schokolade schien nach oben zu kommen. Der Löffel wurde durch die zart angehärtete Haut dann gestoßen, wenn sie, mit dem Finger berührt, nicht mehr klebte. Genüßlich hob man nun mit dem Löffel Stück für Stück der Oberfläche ab, um sie im

24

Mund verschwinden zu lassen. Oben spürte man die Lust der Schokolade – zum Schluß war der Rest des Puddings dran. Wichtig war, den Pudding nicht völlig erkalten zu lassen, eine symbiotische Einheit mußten Oberfläche und Restmasse noch bilden.

Der Sohn blickte fragend, die Mutter ging gedanklich ihrer beider Ritual durch, sie mußte weitere geeignete Fragen finden.

„Hat sie ihn zu lange abkühlen lassen?"

– „Nein, die Zeit war okay."

„Hat sie dir nichts abgegeben?" – Er schüttelte den Kopf: „Schlimmer!"

„Hat sie die Haut allein gegessen?" – „Nein. Schlimmer!"

„Schlimmer??" Schlimmer konnte es doch nichts geben, schlimmer hieße, es hätte gar keinen Pudding gegeben. Die Mutter stellte ihre letzte Frage: „Was hat sie denn nun gemacht?" Und entsetzt vernahm sie seine klagenden Worte: „Sie hat gerührt!"

Sanddorn

„Die Weihnachtsfeier der Hobbytöpfer findet bei Frau Kahl zu Hause statt. Essen, trinken, reden, mein Buch geht die Runde. Dann holt Frau Kahl ihre Silberbecher und aus dem Kühlschrank den Sanddornlikör und bemerkt, es sei äußerst wichtig, ihn gekühlt zu genießen. Er schmeckt, er schmeckt nach mehr. Er enthält wohl nur 14% Alkohol. Meine Idee, laut geäußert, ihn mit Klarem etwas aufzupeppen, wird freundlich bis entrüstet abgelehnt. Ich lasse mir die Flasche zeigen, an ihr hängen die nachgeahmten, orangefarbenen Früchte mit zwei Blättern.

Andere Sanddornliköre sollte ich gar nicht erst ausprobieren, die Mühe bräuchte ich mir nicht zu machen, wenn mir dieser hier, und Frau Kahl schenkt mir erneut nach, schmecke.

Ich präge mir genau diese Flasche ein, das Aussehen der Früchte, auch den Supermarkt in Leipzig, in dem diese spezielle Sorte erhältlich sei. Der Preis wird mir genannt und daß diese Flasche häufigstes Mitbringsel ist, wenn sie bei Freunden eingeladen ist. Ein Blumenstrauß welke so schnell dahin, wobei dieser Sanddornlikör zwar nicht welke, aber auch entsprechend schnell schwinde!

Ich ahnte nicht, daß mich der Likör mit seinen Früchten begleiten würde.

Silvester verbringe ich auf Rügen. Ich lerne, daß Sanddorn *die* Ostseefrucht ist. Ob als Marmelade oder Konfitüre, Grog oder Likör, Sanddorn ist hier der letzte Schrei. Daß der Preis der gleichen Sorte Sanddornlikör hier anderthalbmal so hoch wie in Leipzig ist, ist wohl dem rauhen Ernteklima oder den finanzkräftigen Touristen geschuldet.

Ich trinke jetzt hier den Grog, wärme mir daran meine Hände und beobachte die Eisbrocken, die in der Ostsee treiben. Ist es der enthaltene Alkohol, der mich manche der Eisbrocken mit

Hälsen sehen läßt? Es sind Schwäne, die da im Meer baden. Ich hole mir fröstelnd einen zweiten Grog.

Der Winter vergeht, ich mache mit Peter eine Radtour auf Hiddensee. Wie wir den Dornbusch hinaufradeln, bemerke ich Büsche, schon mannshoch, mit schmalen, graugrünen Blättern. Unwillkürlich denke ich an Sanddorn. Das muß Sanddorn sein! Peter zweifelt und sucht die Früchte. Ja, wann gibt es da Früchte? Eine Touristengruppe versperrt uns den Weg, sie steht an den Büschen. Eine Frau erklärt, ich höre …Sanddorn, männliche und weibliche Büsche. Das war im Mai.

Der August neigt sich seinem Ende zu. Das Wetter ist trocken, die Sonne scheint, lädt ein zum Radfahren an die ehemaligen Kohletagebaue. Peter radelt vornweg, ich hinterdrein. Ich schreie auf, halt, ich rufe Peter zurück. Das muß er sein, das ist er. Nicht mannshoch, aber leicht gelb bis orange lange ich nach einer kleinen Beere, beiße an, lasse Peter den Rest schlucken. Nicht bitter, furchtbar herbsauer ist der Saft. So ein Geschmack kann nicht giftig sein, es könnte Sanddorn sein!

Wir haben die Probe überlebt, fahren eine Woche später wieder, mit zwei Eimerchen ausgerüstet, an die gleiche Stelle. Ich nehme mir den Busch direkt am Wegesrand vor, Peter geht zwischen die

Brennesseln, er hat im Gegensatz zu mir lange Hosen an. Es ist mühsam. Die Beeren spritzen in die Augen, auf die Klamotten, es klebt. Die Erntetechnik muß verbessert werden. Meine langen Fingernägel zwicken nun Beere für Beere ab, das Eimerchen hängt mir am Handgelenk, die Beeren kullern hinein. Sanddorn hat einen sinnvollen Namen. Er wächst im Sand und trägt Dornen, die sich in meine Arme bohren, die an meinen Händen kratzen. Langsam wird der Boden des Eimerchens bedeckt mit den orangefarbenen Früchten.

Nach zwei Stunden beschauen wir gegenseitig unsere Eimerchen, schauen uns in die Augen und schätzen unsere Ernte auf ein Kilogramm, das wäre die Menge, die wir für die Konfitüre benötigten.

Die Konfitüre gelang, es fehlten zwar ein paar hundert Gramm, die wir aber mit Äpfeln ersetzten. Der Geschmack war so gewaltig, herb und sauer und trotzdem süß genug, daß ich anfing, von Sanddorn zu träumen. Die drei Glas voll reichten kaum zum Probieren, geschweige denn zum Genießen. Ich entwickelte den Sanddornblick. Ich habe gelacht auf die Frage von Freunden, ob man denn sicher gehen könne bei der Vielfalt von kleinen gelben bis orangeroten Beeren, damit es zu keinen Verwechslungen mit   Geißblatt oder Berberitze oder dem Feuerdorn kommt.

Es muß ein Busch sein, und neben den Früchten entscheiden die Blätter, was ich ernte, hatte ich erwidert.

Wenn man den selektiven Blick entwickelt, kann man aus den Augenwinkeln heraus sehen. Ich sah beim Vorbeifahren, nunmehr mit dem Auto, immer mehr Sanddorn. Eine regelrechte Schwemme, nicht nur an der Ostsee. Thüringen, Sachsen, Sachsen-Anhalt, überall wuchs der Sanddorn. Und überall viel üppiger als dort, wo ich mit Peter gepflückt hatte. Prall hingen die Zweige an Riesenbüschen, fast Bäumen. Die Zeit rann dahin, es kam der Herbst, der erste Frost würde vielleicht alles verderben, bis zum nächsten Jahr wollte ich nicht warten, getan wäre getan. Und ich betrachtete neben den mich prall anlachenden Früchten auch deren Erreichbarkeit. Die besten Früchte hingen am höchsten, wuchsen an Autobahnen, an Autobahnkreuzen, hinter Leitplanken an den Abfahrten. Stellen, an denen ich häufig vorbeifuhr, erwiesen sich als für mich unerklimmbar, da der Sanddorn an steilen Abhängen wuchs. Sollte ich aufgeben?

Ich entwickelte einen Plan. Ob ich denn, die Spritzwilligkeit der Früchte beim Ernten beachtend, mich vielleicht vorher umziehen könnte, um die Klamotten zu schonen, Waschwasser mitnehmen könnte, vielleicht auch eine Erntehilfe. Eine Art Kamm, mit dem ich die Beeren abstreifen würde. Je länger ich überlegte, um so stärker wurde die Gewißheit, daß ich es wirklich machen würde. Und ich stellte mir vor, wo und wie ich mich umziehen würde, dachte an die alte Hose, die die gelbfärbenden Spritzer ertragen könnte, verwarf die alte Hose. Man würde mich ja sehen, die tausend Autos, die vorbeifahren. Ich lachte: eitel, die fahren doch vorbei, keiner kennt mich, sollen sie mich doch sehen und sich fragen, warum oder was macht die hier überhaupt? Ich entschied mich schließlich für die schwarze Jeans, das schwarze Top, kein Gelb oder Orange der Welt könnte Schwarz überfärben. Aufgeregt packte ich am Vorabend alles zusammen, auch die große Flasche mit Trinkwasser für meine Hände, wollte ich nicht mein Lenkrad verkleben. Es war der Autobahnzubringer, für den ich mich Ende September entschied.

Es ist soweit, am Hals hängt mein Diktiergerät, welches meine Sanddornsucht seit Monaten begleitet, ich will meine Gedanken direkt aufnehmen. Ich parke an einer Leitplankenunterbrechung mein Auto. Ich steige aus, schon hupen die ersten Autos, bin ich gefährdet? Nein, man wirft mir Kußhände zu. Spinner, das kann ja heiter werden, wenn ich erst pflücke. Ich laufe hinter den Leitplanken, es ist eine sehr holperige Erde, ich stolpere über ein Loch, welches so schön mit Gras bewachsen ist, daß ich es nicht gesehen habe. Eben erreiche ich die ersten Bäume, viel zu hoch hängen die verlockenden Beeren. Ich recke mich, erreiche zwar die Zweige, muß überlegen, wie ich den Eimer halte. Die Idee! Ich trete hinter die Bäume, lasse sie der Autofahrer Blick zu mir nehmen, stehe jetzt am Feldrand. Ich höre nur noch die Autos, die Laster, die vorbeidüsen. Sehen kann ich nur noch die orangeleuchtenden Früchte. Südseite, hier neigen sich mir die Zweige zu, erreichen den Boden, ich könnte vor ihnen niederknien – zum Pflücken. Der Kamm bringt keine Hilfe. Die Beeren wachsen rundherum um den Zweig, eine gewisse Ähnlichkeit der Anordnung der Beeren mit der Geißblattfrucht muß ich mir eingestehen. Aber hier sind es ja Zweige. Mit dem Daumennagel versuche ich, einige Beeren zu lockern, lasse sie in meinen Eimer kullern. Dann kann ich mit den Fingern gegen die Wuchsrichtung die anderen Beeren abstreifen. Rot färben sich meine Hände, nicht vom Saft geplatzter Beeren, sondern von den versteckten dolchartigen Dornen, die sich teils in meine Haut bohren, teils die Haut ritzen. Ich gerate in Ekstase. Der Schweiß rinnt mir den Rücken herab, die Sonne brennt auf Top und Jeans, brennt sich förmlich durch das Schwarz meiner Kleidung. Ich recke mich, oben hängen solch prallgefüllte Zweige, die ich mit der einen Hand, an der der Eimer hängt, zu mir ziehe, mit der anderen, stärker zerkratzten, ernte ich. Wie machen die das an der Ostsee? Grenzt an Strafarbeit. Aber verlockend ist der Geschmack, herb und sauer und trotzdem süß genug, der mich weitermachen läßt. Teure Konfitüre! Der Eimer lastet schwer auf meinem Handgelenk, ich lasse einen leergepflückten Zweig nach oben schnellen. Ich stelle den Eimer ab, kurz denke ich an Verwechslungsgefahr, habe ich doch ganz ockergelbe, von dem einen Baum, und orangefarbene vom Busch nebenan geerntet. Doch es ist der Geruch von Sanddorn, der in meine Nase steigt, von da aus ins Hirn und mir die Gewißheit gibt, diese Beeren sind die echten! Ich spüre, wie an meinen Flanken ein Muskelkater einzieht, das Handgelenk schmerzt.

Ich werde jetzt nicht hinter den Leitplanken laufen, ich will nicht stolpern.

Ich nehme stolz meinen gefüllten Eimer, steige über die Leitplanke, kann ja schmal am Rand der Asphaltstraße zurück zu meinem Auto gehen. Was ist das? Blöde Jeans. Blöde Leitplanke, ich hänge, halte meinen Eimer aufrecht, die kostbaren Beeren, die kostbare Zeit, die Arbeit, ich hänge mit dem einen Bein fest, mit der freien Hand versuche ich, mich loszumachen. Ich ziehe, ziehe mit aller Kraft, die mir bleibt, Mist, halt, ich falle, nein…nein…halt, die Beeren kullern, gelb und orange und… halt, nicht doch…"

Immer wieder hört Peter das Band ab bis zu dem Schrei. Nach dem „nicht doch" das Hupen, Quietschen, immer wieder dieser Schrei. Es ist das Einzige, was ihm von Marie geblieben ist.

Nicht nur Sanddornkonfitüre, alles bleibt ihm dann in der Kehle stecken, dabei möchte er mitschreien. Schreien, denn er weiß, diese Beeren waren nicht giftig, nicht im eigentlichen Sinne.

Das ungleiche Paar

Das Auto hatte ich soweit für die Übernachtungstour gepackt. Nur noch die Reisetasche, da mußte ich eben noch benutzte Dinge wie Augentropfen und Schlaftier einpacken, dann Laptop, Handy, Thermoskanne mit heißem Tee, Dinge, die sonst nachts allein im kühlen Auto ihre Bestimmung verlieren. Den Mantel zog ich über, schaute in den Spiegel. Dann nahm ich die soeben geschmierten Schnitten, legte sie auf die Tasche, stellte alles noch mal ab – zog im dunklen Vorraum, damit die Katze nicht noch angelockt würde, ich hatte einfach keine Zeit, mich jetzt um sie zu kümmern, meine Knöchelstiefel an. Der linke ging gut, beim rechten mußte ich mit dem Finger das Leder etwas drücken, um den Reißverschluß hochzukriegen. Mit allem bepackt, ging ich die zwanzig Meter zum Auto, lud alles ein. Ich hatte den Brief, den ich einstecken sollte, vergessen, mußte zurück, ging die Treppen auf Zehenspitzen hinauf, um nicht mit den Absätzen zu klappern. Rein ins Auto, es ging los. In Leinefelde angekommen, stieg ich aus, sah einen Briefkasten und entschloß mich, erst zum Kasten, dann zum ersten Kunden zu gehen. Es war kalt, ich schlug den Mantelkragen nach oben. Irgendwie machte das Laufen Beschwerden – ich hatte extra dünnere Socken angezogen, damit die dicken nicht wieder verkrumpscheln, ärgerte mich über die Schuhindustrie, die keine Normgrößen mehr herstellte, jeden Schuh – ob links oder rechts – mußte man probieren, weil auf einfache Größenangabe kein Verlaß mehr war. Schon fast hörbar fluchend schaute ich auf meine Füße – und erstarrte. Die Alptraumversion war eingetreten: ich hatte zwei verschiedene Schuhe an. Sofort klopfte der erste Gedanke und drängte mich, nach Hause zu fahren, um einen Schuh zu wechseln. Die dabei zurückzulegende Strecke von weit mehr als hundert Kilometern machte diesen Gedanken unbrauchbar. Zwei gleiche Schuhe brauchte ich. Das bedeutete, welche zu kaufen, denn ich hatte in der Nähe auch keine Freundin, die mir hätte welche leihen können. Der Blick auf die Uhr zeigte mir, ich müßte doch erst noch Kunden besuchen, da Schuhgeschäfte noch nicht geöffnet waren und ich einen Schuhladen auch erst suchen müßte. Kurz überlegte ich, wie ich die Schuhe verwechseln konnte, daß ich aber auch ausgerechnet einen linken für den linken Fuß, und einen mehr oder weniger passenden, aber rechten Schuh für den rechten Fuß griff! Die Anziehmodalität war ja vergleichbar wegen der Stiefelart mit Reißverschluß an der Innenseite des Beines. Ich erinnerte mich. Beim Schließen des rechten Reißverschlusses hatte ich nachhelfen müssen. Aber daß ich morgens so gefühlsarm war, um den Absatzunterschied von fünf Zentimetern nicht zu spüren? Oder schaltete das Hirn morgens das Gefühl prophylaktisch ab, um nicht gleich wieder ins warme Bett zu kriechen?

Beim Betreten des Kundenraumes klapperte der linke Absatz, der rechte schwieg. Ich legte mir eine Antwort zurecht auf die Frage nach den Schuhen. Die große Blonde mit dem schwarzen Schuh, der andere war braun. Daß es vielleicht der letzte modische Schrei sei oder ich hätte eine Fußverletzung, die mich zu komischen Dingen zwinge. Aber es käme die Frage, wenn so schlimm, warum dann keine Krankschreibung. Ich hatte Glück, mich nicht entscheiden zu müssen. Keiner bemerkte etwas, niemand fragte. Der Weg zum nächsten Kunden war beschwerlich. Ich hinkte etwas, auch, wenn ich versuchte, den fehlenden rechten Absatz mit dem Benutzen nur der Zehenspitze zu ersetzen. Ich überlegte, ob ich es jemandem erzählen sollte, schwieg aber zu meinem Problem.

Ich parkte das Auto direkt vor dem Schuhgeschäft. Alles sollte so schnell wie möglich gehen. Ich betrat das Geschäft, die Verkäuferin nickte, als ich sagte, ich schaute mich nur um. Ich sah Riekerstiefel, ähnlich meinen beiden, für nur 29 Euro im Winterschlußangebot. Insoweit war die Verwechslung jahreszeitlich gesehen fürs Finanzielle günstig. Ich frage nach der entsprechenden Schuhgröße. Wie immer bei Schnäppchen, nur lockend, nie passend. Ich outete mich, ließ die Verkäuferin auf meine Schuhe blicken mit den Worten: „Ich habe ein Problem." Ihr Gesicht blieb sachlich, nicht mal der Ansatz eines Lächelns geschweige denn Lachens war zu erkennen. Aber sie wurde richtig beweglich. Zeigte mir in meiner Größe den einen, den anderen Schuh, wies mich auf die Möglichkeit hin, einen guten Gabor zu nehmen, weil sie solch einen an meinem linken Fuß entdeckte. Ich spielte nur kurz mit dem Gedanken, da es zwar dieselbe Marke, aber nicht dasselbe Modell war, ihr den Vorschlag zu machen, nur den rechten dazu zu kaufen.

Einen Stiefel, der zwar gut aussah, wollte ich dann nicht, da meine Hose nicht die entsprechende Beinweite besaß, den anderen Schuh verwarf ich, im Stillen mit „Frauenschuhchen" begründend. Sie zog hier und da, nicht ermüdend, da sie erahnte, ohne neue Schuhe könnte ich ihren Laden nie verlassen. Die

Clarks, die sie dann aus ihrem Ärmel zog, nahm ich. Allerdings war es das neue Frühlingsmodell zum nunmehr aktuellen Frühlingspreis.

Den ganzen Tag lief ich gut, es lief auch gut, so daß ich die neuen Schuhe fast vergaß.

Im letzten Gespräch an diesem Tag, es wurde schon wieder dunkel, klagte eine Kundin über ihre Beinprobleme, die sie hinken ließen. Und ich erzählte ihr, wie ich mich vom Hinken erlöste und warum es so gekommen war. Und wir beide bestaunten das neue Frühlingsmodell. Dann schauten wir uns in die Augen und lachten, lachten aus voller Kehle, entspannend, wohltuend, bis uns der Bauch weh tat.

Tatortgemeinde

Ökonomische Zwänge waren es, die Herrn Intendant Helmer nicht schlafen ließen.

„Ich muß die Leute locken mit schnellen Stücken. Lustig. Mitreißend. Geldverdienend, aktiv und passiv. Leute, noch andere als bisher. Mehr, viel mehr."

Er verdrehte die Augen.

„Ich muß mein Schlafen planen, mein Körper macht das nicht mehr mit."

40

Sein Kopf knallte auf die Schreibtischplatte, drehte ab von der Stirn, blieb auf der Wange liegen. Nach dem Knall waren nur noch krächzende und röchelnde Laute zu vernehmen, langsam in ein tiefes, aber weiterhin geräuschvolles, jedoch gleichmäßiges Atmen übergehend.

Es vergingen kostbare fünf Minuten, dann zuckte Intendant Helmers Körper, versuchte, in eine ihm angenehmere Stelle zu gelangen.

Es klopfte. Phil Meier trat ein: „Um Gottes willen, Herr Intendant, ist Ihnen nicht gut? Ein Glas Wasser?" Und er stürzte zum kleinen Kühlschrank neben der Bücherwand. Er reichte Herrn Helmer das Wasser, dieser saß jetzt aufrecht, wenn auch noch etwas benommen, am Schreibtisch.

„Was ist passiert", fragte Meier, „sind Sie krank?" –

„Nein. Nicht krank, nicht ich! Das Haus!" Er besann sich, der Fünfminutenschlaf zeigte Wirkung, wenn auch für seine Stirn wohl eine leichte Beule. „Soll Rettung kommen, so kommt sie nur so: weg, die Leute vom Strand und anderswo!"

„Ah", meinte Meier, „auf den Spielplan kommt Fontane?"

„Setzen Sie sich, Meier! Anders. Neben den Klassikern brauchen wir Modernes! Wir müssen mehr Leute ins Haus bringen. Wir müssen sie locken. Weg *aus niedriger Häuser dumpfen Gemächern, aus Handwerks- und Gewerbesbanden, aus dem*

Druck von Giebeln und Dächern, aus der Straßen quetschender Enge, aus der Fernsehsofaecke. Aber ob sie selber auferstehen, wage ich zu bezweifeln."

Meier grinste: „Ich wollte Ihnen das nicht erzählen. Ich fand es zu lapidar. Aber da Sie gerade Fernseher sagen. Ich habe da meine Frau mit ihrer Freundin sprechen hören. Wissen Sie, Maja macht ja immer den Lautsprecher am Telefon an, damit sie nicht mit ihrem Ohr in die Muschel kriechen muß – behauptet sie wenigstens.

Ich bin also unfreiwillig Zeuge dieses Gesprächs geworden. Meine Frau verpaßt keinen Tatort. Ihre Freundin ruft an, der Tatort ist fast vorbei, die Freundin muß wohl nur Bruchstücke gesehen haben."

Herr Meier versicherte sich mit einem Blick in Helmers Augen, fügte ein „weiter?" hinzu, das Nicken Helmers ließ ihn fortfahren.

„Die Freundin fragte: ‚Was hat der für 'ne Rolle gespielt? Der Maschinist da?'"

Helmer runzelte die Stirn. Herr Meier nahm ein Blatt vom weißen Stapel: „Ich schreib's mal auf. So als Gespräch Maja – Freundin."

Helmer nickte.

Maja: „Na, der Maschinist, das war der Freund, der mit dem Siggi den Dings überfallen hat."

Freundin: „Die Tankstelle?"

Maja: „Nicht die Tankstelle, sondern den Baumarkt vom Bruder."

Freundin: „Ach, das weiß ich doch gar nicht. Ich bin immer mal raus, weißt du."

Maja: „Den Baumarkt vom Bruder und die, die…"

Freundin: „Ja?..."

Maja: „…das Mädchen hat die Mutter umgebracht."

Freundin: „Welche Mutter?"

Maja: „Na, die vom Siggi."

Freundin: „Na die hat ja wohl gelebt, die ist doch da rumgelaufen."

Maja: „Die Mutter vom Siggi hat die Freundin umgebracht, die da verbrannt wurde. Das hat sich ganz zum Schluß dann erst aufgeklärt."

Freundin: „Das war die Mutter von der Freundin…"

Maja: „Nee, die Mutter von dem Siggi, den sie…, den die Polizei erschossen hat."

Freundin: „Moment mal, aber die alte Mutter ist doch rumgelaufen…"

Maja: „Die *Mutter* hat jemanden umgebracht!"

Helmer lächelte: „Ja, die Frage wer wen, die spielt immer noch die Rolle! Und Nominativ und Akkusativ bei den Weibern", er verbesserte sich, „beim weiblichen Geschlecht ist ´ne heikle Sache. War's der Dicke, der Kommissar?"

Meier schüttelte den Kopf: „Ein paar Sätze habe ich noch."

Freundin: „Ach, die alte Mutter, ach so, ja, ja, ja, ja…"

Maja: „Das hat sich dann so alles… - weil der Leitmayr sich erst zum Schluß geoutet hat, daß er der Polizist war. Und der Vater wollte den Sohn dann noch umbringen und hat rumgeschossen und lag da im eigenen Blute – hat's aber überlebt."

Meier glühte. Alles so schnell aufzuschreiben und das mit der Hand, war er nicht gewohnt.

„Und was ist des Pudels Kern", fragte amüsiert Herr Helmer.

„Nun, modern, Fernsehzuschauer, Quiz und Fragen, das will die Masse! Man kann's ja intellektuell etwas aufpeppen. Trivial nacherzählte Filme der Tatortreihe, Frage und Antwort und die richtigen Antworten werden prämiiert mit einer Freikarte, das heißt der Partner zahlt, aber immerhin fünfzig Prozent gespart, Tristan oder Isolde, einer schafft es kostenlos. Oder ein Glas Schampus!"

Herr Helmer lehnte sich zurück: *„Wir gelangen nur selten anders als durch Extreme zur Wahrheit – wir müssen den Irrthum –*

und oft den Unsinn – zuvor erschöpfen, ehe wir uns zu dem
schönen Ziele der ruhigen Weisheit hinaufarbeiten."

„Wie schön Sie das ausdrücken", rief Meier begeistert!

„Ja, schön gesprochen. Der liebe Schiller hat's uns hinterlassen
im elften Bändchen seiner *sämmtlichen* Werke von 1828! Es be-
drückt mich, daß wir im einundzwanzigsten Jahrhundert kein
Stückchen weiter sind. Ja, der Irrtum hat mittlerweile sein *h* ein-
gebüßt. Und sämtlich ein *m*, die Neue Rechtschreibung hat das
nicht bemerkt in ihrer Vereinheitlichung, zusammen hätte man
alle *m* wieder hinzufügen müssen!"

Die Männer schwiegen.

Helmer zog einen dicken grünen Aktenordner hervor, grün, denn
die Hoffnung stirbt zuletzt.

„Schauen Sie, mein lieber Meier. Innerhalb der letzten Jahre sind
die Deckungsbeiträge gesunken. Wenn Sie aber genau
hinschauen, sehen Sie, daß bei den Veranstaltungen, bei denen
unsere Schauspieler die Nase rümpften, der höchste
Deckungsbeitrag erzielt wurde. Trivialität rettet die Kunst. Die
Künstlerhonorare, Verwaltungsausgaben, Gebäudekosten stehen
in keinem gesunden Verhältnis mehr zu unseren Einnahmen. Ein
paar Veranstaltungen mehr, das wäre schön. Aber wer geht denn
täglich ins Theater? Wir benötigen mehr Gäste, andere Nasen,
neues Fleisch. Wir müssen den Spagat wagen *zwischen ehrbarer*
Unzerreißbarkeit und dem Spinnengewebe der Lüsternheit, wie

Musil zwar die Abstufungen von Wäsche bezeichnete. Doch sollten wir nicht dem unterschiedlichen Geschmack der Zuschauer auch anderen Stücken gegenüber Genüge leisten??"

Meier nickte und schwieg. Er mußte den Intendanten bei Laune halten, denn ohne Helmer lief nichts: „Sollen wir verkaufen?"

„Was verkaufen? Etwa Bücher, Inventar, gleich das ganze Haus? Nein, Meier. Was meinen Sie, was unser Schiller uns einbringt? Sämmtliche Ausgaben von 1904 für 77 Euro, die Ausgabe der Cotta'schen von 1835 für 400 Euro, was bringen unsere Bändchen von 1828, von denen auch ein paar fehlen? Unsere Bestände? Ich habe einen winzigen, wirklich nur winzigkleinen Augenblick daran gedacht, aber die Sätze, die Schätze – es geht nicht! Was wir verkaufen können, ist das, was nachwächst."

Meier guckte ungläubig: „Was nachwächst?"

„Ja, unsere Ideen, die Einfälle, was wir mit den Gedanken unserer ehrenwerten Vorfahren machen können. Wie wir täglich neu das Alte aufbereiten, umformulieren, mit Alltagsproblemen abgleichen, auf Modelle, Denkmodelle, reduzieren. Damit wir erkennen, was wir wissen. Daß der Mensch immer schon so war, wie er ist. Zwar immer besser ausgestattet mit Alltagshilfsmitteln. Aber das Denken, das Denken nimmt einem keiner ab. Der moderne Mensch kann es sich leisten, träge zu sein. Doch die Trägheit bringt auch schlechte Laune. Und wir, mein lieber Meier, sind dazu da, diese Laune wieder zu bessern, Denkanstöße zu geben. Nehmen wir Seneca, für den das Leben derer äußerst kurz und unruhig ist, die Vergangenes vergessen, sich um die Gegenwart nicht kümmern und sich vor der Zukunft fürchten. Was meinen Sie, lieber Meier, wer den Satz prägte: ‚Wer von diesen Leuten möchte den Staat nicht lieber in Unordnung sehen als seine Frisur?‘ Genau, schreiben Sie, Meier, dieser Satz kommt aufs neue Plakat." Helmer stöhnte vergnüglich.

Meier nahm ein weiteres Blatt vom Stapel, schrieb den Satz auf, glücklich, seinen Helmer wieder in alter Form erstehen zu sehen.

„Noch eins", meinte Helmer, „wie sieht die Freundin aus?"

„Die von Seneca, der war verheiratet – oder die, wegen der er nach Korsika verbannt wurde?"

„Nein, nein, die von Ihnen, das heißt, die Freundin von Ihrer Maja?"

„Ja, sie sieht so aus, als könne Sie bei der Tatortgeschichte heftig mitreden!"

Helmer schmunzelte, das war Meier, der Frauen schlecht beschreiben konnte mit blond oder dunkel, schlank oder gut geformt; Meier blickte bei Frauen tief hinter die Fassade. Und das war auch gut so. Da konnte er sich auf Meier verlassen, der kannte auch Helmers Geschmack!

„Lieber Phil", er nannte ihn selten beim Namenskürzel, „arrangieren Sie ein Abendessen zu viert, bringen Sie zur Sicherheit einen Stapel Papier mit! Und bevor Sie jetzt gehen, ein Kissen, bringen Sie mir ein weiches Kissen!"

Wie ein Vögelchen

Sonst waren es Füchse gewesen. Nun lagen an die zehn Igel und ein Fuchs an den Straßenrändern.

Keine gepreßte Fauna, denn die Stachel standen aufrecht und auch der buschige rote Schwanz wedelte im Wind der vorbeifahrenden Autos. Der September begann. Es würde kalt werden, wenn die Igel schon jetzt ihr Winterquartier suchten. Oder waren die toten Tiere nur Zeichen puren Zufalls?

Heute lag die Amsel im Garten, dort, wo sie sonst munter umherhüpfte. Genickbruch, so schien es. Sturz aus unendlicher

Höhe. Das Gefieder am Hals sah feucht aus, doch es fehlte Blut. Die kleinen Federn waren unordentlich dahingeknickt. Unwillkürlich nahm sie das Vögelchen in ihre Hand, strich mit der anderen das Gefieder glatt, versuchte zu kitten, was nicht mehr möglich war. Der Schnabel war fest zusammengepreßt, die sonst glänzenden schwarzen Augen waren nur noch konkav gewölbt und matt, wie vom Gevatter Tod gänzlich ausgesaugt.

Ist's die Alte? Neulich hüpften zwei, vielleicht auch drei Weibchen auf der Wiese umher. Im Juli waren die Kleinen flügge geworden. Ihm mit seinem prachtvoll orangegelben Schnabel und den eher monsterähnlichen rotgeränderten Augen gefiel es zwischen all seinen Frauen.

Sie begrub sie, die Kinder standen dabei. Sie tröstete, es sei ein alter Vogel gewesen. Auch Vögel müßten sterben, hoffend, daß nicht irgendein Horrorvirus die Amsel dahinraffte.

Sie wusch ihre Hände, die des Kleinen, die Großen durften selbst ihre Händchen seifen, sie hatten die Zeit der Welt. Sie ging unterdessen in die Küche, bereitete das Abendessen zu.

Dann wieder waschen, abwaschen, Kinder ins Bett bringen. Okay, eine Geschichte. Sie kuschelte sich dazwischen, schloß die Augen und erzählte. Ein Glück, daß die Kinder sich bewegten, sie waren noch nicht müde, so schlief sie nicht ein. Sie würde auch zeitig zu Bett gehen. Sie wusch noch die Flecken aus einer kleinen Hose, das Fleckenbuch lag schon griffbereit im

50

Badezimmer. Eigentlich sollte sie sich Details gemerkt haben. Details ja, aber die Früchte wechselten von Tag zu Tag. Dann legte sie die Sachen für den nächsten Tag zurecht, fönte ein T-Shirt trocken, holte das Bügeleisen heraus. Sie kochte sich einen Tee, nahm die Tageszeitung zur Hand, überflog ein paar Überschriften, erinnerte sich, noch ein paar Sachen für die Arbeit gleich ins Auto zu packen, um am Morgen Zeit zu sparen.

Einen Teil der Zeitung legte sie zum Altpapier, ein paar Seiten, die sie in Ruhe lesen würde, auf einen Extrastapel. Sie guckte auf die Uhr. Ja, sie konnte noch die Lehrerin anrufen, um Aufschub zu bitten für die Hausarbeit des Großen.

Es klingelte an der Wohnungstür. Sie solle die Wäsche vom Boden nehmen, morgen kämen die Handwerker. Sie würde doch keine schmutzige Wäsche wollen? Nein, das wollte sie nicht. Wer wollte überhaupt schmutzige Wäsche? Waschpulver, sie mußte Waschpulver kaufen, nahm schnell den Zettel, suchte einen zweiten, sie sollte besser die Wunschzettel vereinigen, um nichts zu vergessen.

Sie gähnte. Sie hatte die richtige Bettschwere. Er war auf Dienstreise unterwegs, sie hatte daher ein Gefühl, mehr Zeit zu haben, konnte statt zu kochen nur ein paar Brote für die Kinder schmieren. Kaum lag sie im Bett, fielen ihr weitere unerledigte Dinge ein. Sie zählte, eins, zwei bis fünf, das konnte sie sich merken bis morgen, das müßte auf die Liste. Am Freitag mußte sie diesen Vortrag halten. Den hatte sie schon mehrfach gehalten, hatte auch Schriftstücke dazu, das letzte Mal war es vor fünf Monaten gewesen. Nur zusammensuchen mußte sie die Unterlagen. Das könnte sie auch morgen. Sie müßte mal aufräumen, die Kinder brauchten auch ihren Platz. Platz, Zeit, Buch, der neue Kinofilm, sie wollte mit ihrer Freundin in diesen Film, erinnerte sich nicht an dessen Namen, Film von, Film mit, Filllmm. Sie war eingeschlafen.

Waschen, Frühstück, abwaschen, Kinder wegbringen, sich zur Arbeit bringen. Sie fuhr an dem Stadtteil vorbei, aus dem nichts Gutes kommt, der so langsam zusammenbrach. Von Menschenhand errichtet, von ihnen selbst nun vernichtet, Block um Block. Zu langsam, um einem Menschen nicht doch noch als Wolkenkratzer zu dienen, um das Fliegen zu lernen. Fürs Leben! Welches Leben? Er, ein Traum von Mann, der Mann aller Männer, wie ihre Freundin scherzte, war zu selten da. Sie hatten ihre Kinder gewollt, eines nach dem anderen, alles Wunschkinder. Nach dem Studium waren sie alle gekommen, sie wollte keines während der Studienzeit. Sie beneidete keines der Mädchen, die mit ihren Babys auf dem Schoß im Wohnheim über den Büchern büffelten. Wenn das Studium beendet ist, es klang so nach Absolution, wenn der Abschluß in der Tasche ist, dann… Was dann, es ging doch immer weiter. Und je älter man wurde, um so stärker traf es einen mit aller Deutlichkeit. Die Wirklichkeit; anfangs das Rennen nach den Dingen, die wichtig waren wie Auto, Wohnung, Einrichtung. Dann war alles da und doch fehlte etwas.

Von ihren Eltern wurde sie bedingungslos geliebt. Aber Elternliebe ist so ganz anders. Erst dachte sie, es sei die fehlende Zeit. Doch auch ihre Freundinnen, viele Frauen, wenn man es überhaupt ansprach, dieses intime Thema, fühlten ähnlich. Sie vermißten alle diese Liebe. Sie suchten die zarte Nähe, die Umarmung, die verlorenen Liebesworte, die lieben Worte. Und fanden sich doch immer gleich im Bett wieder. Man brauchte doch die Schulter manchmal einfach nur zum Anlehnen, zum Ausruhen, zum sich Besinnen über das Gefühl zu leben. Und nicht nur, um zu funktionieren und zu agieren.

Ihre Arbeitsstelle hatte sie erreicht. Ein Haufen an zu bearbeitendem Papier erlöste sie von den sie eben noch beschäftigenden Gedanken. Routine ist gut, man kommt im Stapel voran. Doch so befriedigend ist es nicht. Immer das Gleiche, maschinenartig bewegte sie sich auch hier auf Arbeit. Beinahe hätte sie sich gefreut, als sie diejenige war, die zur Vorstellung des neuen Modells zum Kunden fahren sollte. Das versprach Abwechslung! Sie zuckte kurz zusammen, als sie hörte, wo der Kunde sich befand. Zwei Übernachtungen waren dabei. Schöne Stadt, schöne Arbeit. Doch wohin auf die Schnelle mit den Kindern? Sie nahm die Unterlagen mit. Flexibilität wurde erwartet. Dienst und Privates wurden streng getrennt. Eigentlich gut, wenn nicht jeder alles wußte. Aber der Chef konnte ihren Gehaltszettel doch einsehen, auch die eingetragenen Kinderfreibeträge. In ihrem Büro telefonierte sie alle möglichen Nummern ab, irgendwer würde sich finden. Irgendwo würden die Kinder schon unterkommen. Ihre Freundin hatte ja auch ihren bissigen Hund für sogar zwei Wochen in diese Pension untergebracht. Hier sind es doch nur Kinder!

Ihre Arbeitszeit konnte sie flexibel gestalten. Fing sie eher an, so konnte sie eher aufhören oder auch später und damit vielleicht ein paar Stunden ansparen. Aber so weit nach hinten ließ sich diese Zeit nicht hinausschieben, mußte sie ja doch rechtzeitig den Kleinen abholen. Letzten Endes kam es aufs Gleiche hinaus. Flexibilität würde sich für sie nur lohnen, wenn sie auch ihre Müdigkeit verschieben könnte. Am besten in die Schlafenszeit hinein!

Denk doch auch mal an dich, sagte die Freundin. Das machte sie auch. Aber bewußt seltener, da es mit keinem guten Gefühl verbunden war. Sie fühlte sich dann als Erfüllungsgehilfe für ihren Chef, für ihren Mann. Sie hatte den Eindruck, daß deren Terminplan ihr Leben fest bestimmte. Manchmal schnürte ihr das Leben ein festes Band um die Brust und nahm ihr den Atem.

Gestern? Ja, gestern habe die Freundin gewartet. Gestern war der Kinobesuch geplant und nicht heute. Sie fragte nicht nach dem Namen des verpaßten Filmes. Sie wollte nicht, daß die Freundin sie für meschugge hielt. Sie freute sich über die gewonnene Zeit, aß schnell mit den Kindern zu Abend. Dann räumte sie alles vom Tisch – die Kinder durften bleiben. Auf den Tisch kam das Brett, die Kinder jubelten: Mensch-ärgere-dich-nicht! Der Kleine bekam auch seine Figuren, endlich wußte er, wie man es spielt. Alle lachten, als er seine Figuren immer wieder am Ausgangspunkt sah und auch immer wieder fragte, warum, warum schmeißt ihr mich raus? Zufrieden sah sie ihren Kindern zu, beim Würfeln ging ihr durch den Kopf, ein Glück, es sind alles Jungs. Deren Leben würde gut werden. Sie hätten alle Möglichkeiten. Sie und ihr Mann würden ihnen alles ermöglichen. Eine glückliche Kindheit, eine gesicherte finanzielle Existenz, eine gute Ausbildung. Und dann könnten sie als junge Männer ihr Leben in die Hand nehmen, fänden jeder eine sie liebende und ergebene Ehefrau. Sie schluckte.

Am nächsten Tag reiste sie ab. Die Kinder würden von der Mutter eines Freundes betreut werden. Sie fuhr mit dem Zug. Sie sah die letzten noch stehenden Hochhäuser am Fenster vorbeiziehen. Da müßte sie mal rauf. Die Aussicht genießen, weit übers Land hinweg. Sie stellte es sich vor, atmete tief durch, schloß die Augen. Sie war gut vorbereitet, hatte Entscheidungsbefugnis. Sie wissen, was für die Firma gut ist, ich vertraue Ihnen, hatte ihr Chef ihr mit auf den Weg gegeben.

Sie machte wohl alles richtig, bekam aber nicht den Abschluß. Der Geschäftsführer des Kundenbetriebs hätte noch ein weiteres Angebot der anderen Firma. Man ließe von sich hören. Sie war im Preis nicht nach unten gegangen, sie hatte selbst alles berechnet gehabt. Man konnte ihr Angebot preislich nicht unterbieten. Sie pokerte mit, zeigte ein unbewegliches Gesicht. Ihr Magen war um so bewegter. Zwei Tage für nichts. Sie spürte eine Wut aufsteigen, hätte am liebsten herausgeschrien, was das soll, dieses Gepokere, immer billig, billig. Und dann nach Qualität und Nachbesserung rufen und wer denkt an die Armen, die Mindestlöhne, Deutschlands Zukunft, Rente, Klima? Und wer denkt an die Frauen? Jetzt mußte sie lachen. Warum sie lache? Sie hatte sich augenblicklich wieder in ihrer Gewalt, sagte, ein besseres Angebot mit diesem Preis-Leistungs-Verhältnis würde er nie finden. Fachwissen und Service bekäme er nur so von ihrer Firma, nannte deutlich deren Namen. Und empfahl sich mit festem Händedruck, wobei sie lächelnd und freundlich die Angebotsmappe mit vorbereitetem Vertrag überreichte. Sie verließ schnell den Raum, nicht bemerkend, wie der Geschäftsführer die Mappe aufschlug und den Vertrag unterzeichnete. Er würde ihn mit dem Kurier abschicken, würde diese couragierte Frau überraschen.

Sie hatte noch zwei Stunden Zeit, ehe ihr Zug zurückfuhr.

Sie setzte sich in ein Café, bestellte einen großen Milchkaffee. Das Radio lief, es wurde gesprochen über den Präsidentschaftswahlkampf in den USA. Bei der Veranstaltung am Vorabend seien selten so viele Frauen, Latinos und Schwule zu Wort gekommen. Sie zuckte zusammen. Die Aneinanderreihung dieser Menschengruppenbezeichnungen, besser Randgruppen, irritierte sie. War es, daß sie als Frau den Vertrag nicht unterzeichnet bekam? Hätte sie als Anzug- und Schlipsträger mehr Chancen gehabt? Sie blickte sich um. Mitten in Deutschland hingen die Poster von sinnigschönen und sanftblickenden Frauen an den Häuserwänden. Geschminkt, weiße Zähne im lächelnden Mund. Nie war ihr das so zu Bewußtsein gekommen wie in diesem Moment. Wieviel hat sich denn verändert, seit die Frauen kein schlechtes Gewissen mehr haben mußten, weil Männer das bessere Waschpulver auf den Markt brachten? Gut, Frauen müssen keine Genehmigung des Ehemannes mehr vorweisen, um arbeiten zu gehen. Damit war sie zum Glück nie konfrontiert worden. Doch was brachte es an Freiheit, wenn man studiert und arbeitet, das eigene Geld verdient und trotzdem nebenbei noch Kinder und Haushalt hat? Man war emanzipiert, schaffte stolz doppelt und merkte nicht, wie es an Leib und Seele zehrte. Man könnte auch als Single leben, ihre Freundin machte es vor. Urlaub, Klamotten, aber ihrer Freundin fehlte manchmal doch jemand, mit dem sie reden konnte. Sie selbst hatte ja jemanden, mit dem sie sprechen könnte, wenn sie wollte! Sie konnte es sich vorstellen, daß er da sei, um sich bei Bedarf anzulehnen. Sich der Möglichkeiten bewußt zu sein, einfach nur das Gefühl zu haben, Besitz auch zu nutzen.

Auf der Rückfahrt schlief sie. Sie hatte sich den Handywecker gestellt, um das Aussteigen nicht zu verpassen.

Die Kinder waren satt und sauber, als sie sie abholte. Sie schliefen spät ein, es gab so viel zu erzählen, was sie alles an zwei Tagen erlebt hatten.

Der Chef hatte heute frei. Sie mußte ihm noch beichten, daß sie nichts erreicht hatte. Ihr war zwar gesagt worden, man würde sich noch entscheiden. Aber sie sah es als Absage. Hoffen war nicht ihre Art.

Sie fuhr eher nach Hause. Die Sonne schien, als sie an den Hochhäusern vorbeifuhr. Sie blickte in den Rückspiegel, machte eine Kehrtwende auf der Straße und fuhr vor eines der Häuser.

Sie stieg aus. Sie ging ein paar Schritte, schaute sich um. Keine Menschenseele war zu sehen.

Aus der Nähe sah sie, daß die Fenster nur noch nackte Rahmen waren, denen das Glas fehlte.

Die Tür stand offen. Sie betrat das Haus. Das Treppenhaus war lichtdurchflutet. Der Staub auf den Stufen glitzerte. Sie blickte nach oben, überlegte kurz und ging zielgerichtet die Treppen hinauf. Sie stieg, es wurde heller und wärmer, die Bewegung tat ihr gut. Sie freute sich auf die Aussicht über die gesamte Stadt und sie würde davon erzählen.

Die Menschen liefen zusammen. Da lag sie nun, die Krähe. Mit verrenkten Gliedern. Oder Rabenmutter oder wer weiß was für ein Vogel.

Und Frauen gehen vorbei mit frisch erstandenen Markentüten. Auch Frauen sieht man vorbeiziehen mit Leggins über breiten, schwingenden Hintern. Und eine mit blonder Mähne, verächtlich mit den Schultern zuckend, schüttelt den Kopf: Wir haben's erkämpft, das Wahlrecht. Warum hat sie's nicht genutzt, warum hat sie nicht gewählt?

Und der Mann aller Männer schreitet daher, an den Händen zwei Kinder führend, und lacht entnervt: Sie hat doch gewählt.

Und ein einsames Kind, von niemandem gehalten, fragt, noch zu jung für Bitterkeit: Warum?

Die Rechnung

Sonntagabend war nicht viel los. Beruflich veranlaßt waren die beiden unterwegs, Gefahren für die Bürger abzuwehren und Straftaten zu verhindern. Stolz strich Polizeiobermeister Meier über das große silbernglänzende VW-Zeichen. Ganz neu war ihr Einsatzbus, er durfte ihn erstmalig fahren. Beide, er und sein Kollege, Polizeimeisteranwärter Stegemann, hatten ein paar Runden um das Dorf gedreht, nichts Auffälliges bemerkt und standen nun rauchend neben ihrem VW-Bus. So ein bißchen Action wäre schön, damit man all die Streifentage noch gedanklich im nachhinein auseinanderhalten konnte.

Plötzlich schoß ein Auto mit eindeutig überhöhter Geschwindigkeit die Hauptstraße entlang, sie selbst standen in der Nebenstraße, rannten zur Kreuzung hinab und erkannten nur noch die Automarke, silberner BMW mit Hauptstadtkennzeichen. „Na warte", meinte Meier, „der muß hier zurück, es ist nur die Sackgasse zum Bahnhof." Er rieb sich die Hände in voller Vorfreude auf ein Ereignis, wenn auch ein kleines, hatten sie doch nachweisbar nichts gegen den BMW in der Hand. Nach zehn Minuten, bisher hatte Stegemann geschwiegen, sagte dieser: „Ist wohl doch keine Sackgasse?" Doch Meier war voll davon überzeugt: „Komm, ich bin hier aufgewachsen, es ist ein Heimspiel für mich!" Er stellte sich mit seiner Kelle, schon auf rot eingestellt, an der Hauptstraße auf, entgegen zur Fahrtrichtung, damit er den Raser anhalten konnte. Und keine fünf Minuten später, da kam ruhig und gelassen ein silberner BMW gefahren, so daß Meier beinahe das Anhalten vergessen hätte. Aber eindeutig war das B im Kennzeichen zu erkennen, und so viele Hauptstädter konnten hier nicht unterwegs sein. Er streckte seine rotleuchtende Kelle dem Fahrzeug entgegen, welches hielt. „Bitte steigen Sie aus", sagte Meier freundlich, als er merkte, daß eine gutaussehende Frau in seinem Alter am Steuer saß. Das könnte den Rest des

Streifenabends etwas versüßen. Die Frau schaute gefaßt, aber trotzdem etwas ungläubig: „Was habe ich verbrochen, oder machen Sie etwa noch so spät am Abend und das noch sonntags Fahrzeugkontrollen?" „Das lassen Sie mal unsere Sorge sein. Steigen Sie bitte aus, bringen Sie Ihre Fahrzeugpapiere und Ihren Führerschein mit!"

„Meinen Sie nicht, daß Sie etwas zu schnell hier auf den Straßen unterwegs sind, es ist hier schließlich eine Wohngegend, es könnten Kinder unterwegs sein", sagte Stegemann, er mußte seine Anwesenheit auch irgendwie einbringen. „Welche Kinder sind heutzutage noch zu Fuß unterwegs", schüttelte die Frau den Kopf. Sie schlang die Arme um ihre Schultern. Versuchte sie, sich klein und unsichtbar zu machen? Sie sah etwas abgespannt und müde aus, merkte Meier, der so etwas zwar bemerkte, aber nie kommunizierte, was oft zu Ärgernissen mit seiner eigenen Frau führte, weil diese ihm ständig Unaufmerksamkeit vorwarf. Seine Augen scannten die Frau ab: Keine Mütze, aber ein dicker Schal war mehrfach um den Hals geschlungen, er verstand es nicht, das ewig Geschlingere um den Hals, ist ja zum Ersticken geeignet. Na ja, Anfang November, Frauenhälse sind schon etwas Besonderes, das Grazile verdiente wohl seinen besonderen Schutz! Seine Augen gingen weiter nach unten, er erschrak fast, die Füße der Frau steckten barfuß in Birkenstocksandalen! Jetzt verstand er die Geste der Frau, die schulterumschlingend dastand. Sie fror! Er erinnerte sich an die Innenausstattung seines neuen Streifenwagens, eine Standheizung, er dachte auch daran, daß es ihn schon interessierte, was diese Frau durchs Dorf preschen ließ und die jetzt so tat, als hätte sie alle Zeit der Welt.

„Sie werden sich schon erklären müssen, warum Sie mit überhöhter Geschwindigkeit bei erlaubten 30 Kilometern pro Stunde unterwegs sind. Wir sind schließlich hier für die Sicherheit aller Bürger, also auch für Ihre, zuständig. Wir sind auch angehalten, etwaige Wiederholungen von solchen Verkehrswidrigkeiten zu unterbinden. Nichtangepaßte Geschwindigkeit an Straßenkreuzungen wie hier, bei schlechten Wetterverhältnissen, möglicherweise gibt's die Nacht noch Frost, also kann es zu Glatteis kommen, könnten wir mit hundert Euro und drei Punkten in Flensburg ahnden." Die Frau zuckte zusammen: „Sie haben gemessen?" „Kommen Sie", und er führte die Frau zum Bus. Stegemann ging hinterdrein, holte nach einem kurzen Blickwechsel mit Meier seine Thermoskanne hervor und füllte drei Becher mit heißem und duftendem Kaffee.

„Jetzt erzählen Sie mal", meinte Meier fast väterlich, „warum Sie es so eilig hatten. Denn eilig war's ja, bei der Geschwindigkeit." „Ich mußte mein Kind zur Bahn bringen." Die Frau erzählte nicht weiter. „Zur Bahn, wohnen Sie im Dorf?" „Nein, in der Stadt nebenan." Meier überlegte: „Und warum bringen Sie Ihren Sohn dann hierher zum Bahnhof?" „Wir hätten den Zug nicht geschafft." Meier reichte der Frau den duftenden Kaffee, alle drei tranken, die Wärme der Standheizung und des Kaffees genießend. Er nahm ein Blatt Papier, er zeichnete eine Strecke, an das eine Ende schrieb er Dorf, an das andere Stadt. „Wo wohnen Sie?" Die Frau tippte mit ihrem roten Fingernagel auf einen Punkt zwischen beiden Bahnhöfen. Da, direkt an der Bahn, wohne sie. Kurz überlegte Meier, woher das Kennzeichen käme, aber wichtiger erschien ihm seine nächste Frage: „Sie hätten von Punkt W wie Wohnung nach Bahnhof S wie Stadt fahren müssen. Das wäre die entgegengesetzte Richtung des Zuges. Also sparten Sie Zeit, wenn Sie direkt nach Bahnhof D wie Dorf fahren. Aber bei der Entfernung doch lächerlich. Ein Zug ist doch immer schneller als ein Auto. Und schließlich ist die Zugstrecke wirklich eine Strecke, also eine Gerade mit Anfang und Ende." Er wunderte sich, daß er mathematische Begriffe so locker aussprach, erinnerte sich aber kurz an die letzten Übungsstunden mit seiner Tochter, also befruchtete das Üben beide Seiten. „Die Straße jedoch, die Sie nehmen müssen, weist ein paar Schlangenlinien und Kurven auf. Haben Sie so etwas nicht bedacht?" Die Frau, sichtlich erwärmt, ihren Hals vom Schalgeschlinge befreiend, lachte: „Ich hatte keine Zeit zum Nachdenken. Wir hatten eine Party am Samstag gefeiert. Im Nachgang saß ich bei Kaffee mit meiner Freundin in der Küche, und wir ließen die Party Revue passieren. Irgendwann kommt mein Sohn, wärmt sich eine Soljanka in der Mikrowelle auf, ißt in Ruhe, fragt mich, ob ich ihn zum Bahnhof bringen könne. So etwas passiert immer mal. Ich gehe noch schnell wegen des vielen Kaffees auf Toilette, da wird mein Sohn nervös. Das habe ich allerdings nicht so direkt bemerkt, habe dann aber nur die Autoschlüssel geschnappt und mir nicht mal die Zeit genommen, meine Schuhe anzuziehen." Meier lächelte, Stegemann verstand das Lächeln nicht, wenn die Frau wieder raus wäre, würde er Meier nach dem Grund fragen. „Die Autoscheibe war nicht vereist, nur beschlagen, so fuhr ich los. Nach dem Starten erfuhr ich erst das Ziel, zum Dorfbahnhof zu fahren. Ich stelle das Gebläse auf höchste Stufe, die ersten hundert Meter muß ich meine Augen fast in die Hand nehmen. Die Schranke am Bahnübergang ist zum Glück offen. Vor uns fährt ein Kleinbus, erst will ich den überholen, hoffe, er fährt gerade aus, aber dann biegt er auch ab. Ich frage meinen Sohn, wann fährt denn die Bahn in der Stadt ab? 23, sagt er. Ich gucke auf die Uhr, die zeigt 25. Und dann trat ich aufs Gas. Das war wohl der Zeitpunkt, zu dem Sie mich sahen." Die Frau glühte, guckte beide Polizisten an. Meier kramte in seiner Aktentasche, holte eine Packung Kekse heraus, legte sie auf den Klapptisch neben seine Aufzeichnungen. Er nahm den Stift, schrieb 3 km an die Strecke Wohnort bis Dorfbahnhof, an den anderen Bahnhof 1,5 km. Meier brummelte: „Das ist aber die Autostrecke, die Zugstrecke beträgt nur vier Kilometer. Der Zug muß anfahren und bremsen, was bedeutet, daß er nicht seine volle Geschwindigkeit oder die nur auf einer kleinen Teilstrecke ausfahren kann. Geben wir ihm eine Durchschnittsgeschwindigkeit von sechzig Kilometern die Stunde, dann benötigt er von einem zum anderen Haltepunkt vier Minuten. Sie bräuchten allein sechs Minuten von zu Hause bis zum Dorfbahnhof, denn viel mehr als einen Schnitt von 30 km/h konnten Sie nicht erreichen. Das kommt dem Kampf gegen Goliath gleich", schüttelte Meier seinen Kopf.

Stegemann war die Rechnerei leid: „Und weiter?" „Ja, mir wurde richtig schlecht. Denn als ich am Bahnhof halte, fährt der Zug ein. Ich sehe meinen Sohn die fünfzehn Stufen hinaufrennen, er muß schließlich die Fußgängerbrücke mit einer Strecke von drei bis vier Gleisbreiten überwinden, die fünfzehn Stufen wieder hinab. Ich drücke die Lichthupe, hoffend, den Zugführer zu irritieren. Der Zug fährt an. Ich kneife die Augen zusammen, konzentriere mich auf die hellbeleuchteten Waggons, ein dunkler Arm hebt sich nach oben. Ist er's? Ist es mein Sohn gewesen? Ich zählte noch bis zwanzig. Das wäre wohl die Zeit gewesen, die er gebraucht hätte, um zu mir zurückzukommen. Es kam niemand. Er hatte es geschafft." Glücklich blickte jetzt die Frau, den Becher mit beiden Händen haltend.

Meier nahm seine Skizze zur Hand. „Das hätte ich nicht gedacht. Ich hätte voll dagegen getippt, wäre es zu einer Wette gekommen. Und Sie machen solche Spielchen immer für Ihren Sohn?"

„Er rechnet mit Zugverspätungen. Bei Regen wären es ein bis zwei Minuten! Es hatte zwar nicht geregnet, aber auf die Bahn ist trotzdem Verlaß!"

Meier riß das Päckchen Kekse auf, schüttete sie auf einen Teller, Stegemann schenkte Kaffee nach.

Für einige Minuten breitete sich eine wohlige Zufriedenheit im VW-Bus aus. Dann schaute jeder auf die Uhr. Stegemann freute sich auf baldigen Dienstschluß, Meier meinte: „Übrigens fährt gerade der nächste Zug. Jede Stunde, darauf ist Verlaß." Die Frau fragte: „Darf ich gehen?" Sie verabschiedete sich. Stegemann rief: „Das war doch schon wieder fast das Doppelte vom Erlaubten!" „Laß sie mal, wir haben sie ja aufgehalten. In der Küche sitzt doch wohl noch die Freundin und wartet." Und er wünschte sich sehnlichst auf den Beifahrersitz des BMW.

Der Besuch

Es ist schon eigenartig. Ich weiß, ich bekomme Besuch. Das Haus ist groß. Ein langer Gang ist es, der die Zimmer miteinander verbindet. Man kann weit aus den Fenstern sehen – alles ist grün, die Wiesen zeigen sich leicht hügelig. Aber ich weiß nur, ich kriege Besuch.

SCHNITT: Der Doktor aus Haneu habe jetzt langes weißes Haar, ja er ist schon längst Rentner, vertritt aber seine Nachfolgerin, die gerade Urlaub macht. Er habe auch einen langen weißen Bart – schon etwas lustig. Früher, wer ihn daher kennt, hatte er nur diesen schütteren Haarkranz. Zum Treffen der Freunde erzählt Susi, wie ihre Wohnung über Nacht schwarz wurde. Kältebrücken. Sie hat zum Glück eine neue Wohnung gefunden, zeigt Bilder. Es sind diese Wohnungen, die über Eck die Fenster haben, was eine Wintergartenatmosphäre schafft. Ihre Bedingungen für die neue Wohnung waren die Etagenhöhe und eine Badewanne.

Antje will vielleicht ihren Sohn zu Silvester mitbringen, falls sie ihn nicht woanders unterkriegt. Vor zwei oder drei Jahren sah die Situation genauso aus. Und mein Bedenken war damals das gleiche, es wurde leider nicht enttäuscht: der Junge stahl von den belegten Brötchen nur den Belag. Ich sah das, fragte ihn, ob das andere für die Katz sei, und ließ ihn auch den Rest der nun nicht mehr belegten Brötchen nehmen. Der Junge blieb unter meiner Beobachtung. So lange, bis er das Gefühl bekam, ich würde ihn ständig beobachten, so daß ich mich wieder der eigentlichen Feier zuwenden konnte.

SCHNITT: *Ich gehe in den Anbau des Hauses. Komisch, daß ich den Bau nicht wahrgenommen hatte, unbekannte Gefilde, ich erinnerte oder versuchte mich an damalige Baustellen, Baulärm zu erinnern, ja, da war was oder bildete ich mir das nur ein? Es ist ein eigenartiger Flachbau, den ich sehe, mich aber dann gleichzeitig in ihm befinde. Es ist ein ruhiges Wetter, weder schön noch schlecht, einfach nur Wetter. Da läuft ein großer*

Mann entlang. Lockiges Haar als Haarkranz um den nackten Kopf, Bart, lange Beine in schmalen Hosen, was die Länge der Beine ungemein verstärkt. Hält er einen Hund? Nein er schiebt am Stab etwas vor sich her. Ich gucke genauer hin, da bemerkt er mich, ich muß ihm zuwinken, ist es doch mein Besuch. Jetzt erkenne ich auch, was er schiebt: ein Kind, ein dickes, kleines und doch nicht so junges Kind. Etwas monströs, krank, meschugge. Ich überlege, was es zerstören könnte in diesem Haus, welches meines ist, das ich aber nicht kenne, auch nicht wiedererkenne. Es gibt wohl mehrere Eingänge zu dem Haus.

SCHNITT: Ich las gestern im Buch Das Haus der Lügen und Träume. Ein Haus, in dem es auch Dienstboteneingänge gab und ein Kellereingang gesucht wurde.

SCHNITT: *Ich befinde mich in einem kleinen Raum. Es ist wohl das Badezimmer. Alles ist weiß und hell, rechts von der Tür, an der ich stehe, ist die Toilette. Sauber, weißer Deckel, normale Höhe.*

– Psychiater: Was heißt normale Höhe?

– Ja, normale Höhe, sonst sind die Toiletten über Kopf angebracht, oder die Keramikschüssel liegt in schmutzigen Scherben umher.

Gegenüber steht eine Badewanne weiß, warm. Rechts und gegenüber sind Fenster. Auch über Eck, irgendwie kommt ein Fenster noch hinzu. Ich schaue nach draußen, ein hohes Haus steht in zirka hundert Metern Entfernung davor. Ist es mein Haus? Ist der Anbau so gebaut worden, daß ich von hier das Haus sehe? Ich kann mich nicht erinnern, daß es so groß gewesen sei. Mit einer großen Treppe zum Eingang hin, symmetrisch dazu erhebt sich das Haus nach oben, zwei Spitzdächer schließen die zwei Seitenteile in der Höhe ab. Breite Streifen ziehen sich quer in Neapelgelb übers ganze Haus. Ich ziehe meinen Blick zurück. Die Innenwände des wohl als Bad gedachten Raumes weisen Rauhputz auf. Erinnern mich an Garagenwände. So grob, daß man die Haut der Hände abschürfen würde, stieße man unsanft dagegen. Ich spüre Feuchtigkeit. Denke an meine Orchideen.

SCHNITT: Alle meine Orchideen verloren ihre Blüten, wobei die Blätter und Wurzeln gesund aussehen. In allen Fenstern, auf allen Fensterbrettern stehen zur Zeit die blühenden Orchideen. Aber alles fremde Fenster, unbekannte Fensterbretter!

SCHNITT *Rechts nun wieder in diesem Raum, diesem Bad, diesem mir noch fremden Anbau stehen Pflanzen mit üppig grünen Blättern, saftig, fast fettig glänzend. Der Besuch! Mit Schrecken fällt er mir wieder ein. Ich begebe mich an einer Treppe, die mir vorhin nicht auffiel, in die Richtung, in der ich den Hauseingang vermute. Ich unterhalte mich mit einem Wesen, die Stimme kommt von oben, oben von der Treppe, männlich, kann nicht erkennen, wer, aber es muß ein mir nahestehendes Wesen sein. Der Besuch ist da, willst du nicht öffnen? Ich bekomme keine Antwort oder höre ich sie nur nicht. Ich gehe zur Tür. Ich öffne, vor der Tür breitet sich eine Terrasse aus, einen Meter über normal, ich weiß, es schließt sich eine breite Treppe an, die ich aber nicht sehe. Links, dicht, mir vertraut steht ein dicklicher schwarzhaariger Mann. Er trägt Anzug und Schlips. Ich kenne ihn nicht, aber er muß mir vertraut sein, so, wie er mich ansieht. Mir gegenüber steht der Besuch. Der große Mann, dieser lockige, rötliche Haarkranz, der seinen Schatten wirft auf den rostroten Anzug. Oder ist es dieser, der sein Rot aufs Haar spiegelt? Wo ist das Kind? Das Kind, ich beuge mich zu dem Kind hin, nach unten, ich spüre es genau, wie mein Rücken sich krümmt, dabei sitzt oder steht es auf dem metallenen Treppengeländer, direkt in Augenhöhe, in meiner Höhe, ohne daß ich mich biegen müßte! Es besitzt ein großes Gesicht, ganz schwarze Augen. Doch gar nicht kindlich, es scheint so erwachsen. Mein Kleiner, wie alt bist du? Das spiele keine Rolle, wenn er es mir sagte, würde ich es nicht glauben. Er sei zu alt für seine Größe, aber wenn man ihn immer für ein Kind halte, hätte er eben noch so viel Zeit. Er faltet die Hände. Er habe dann viel Zeit zum Beten. Und es hebt die Hände vor sich wie zum Gebet.*

SCHNITT: In der Stadt hat ein Laster die Oberleitung der Straßenbahn herabgerissen. Eine Umleitung. Die nächste Kreuzung, der Linksabbieger fährt bei Grün und beachtete den Geradeausfahrer nicht. Das Blaulicht stand schon da. Die nächste Abbiegung war wegen der Umleitung und der damit in Zusammenhang stehenden stauenden Autos nicht befahrbar, so daß ich weiterfuhr. Das nächste Blaulicht, welches, wie ich erst dachte, mit der Umleitung zusammenhing, war aber wegen dreier auf der Gegenspur zusammengefahrener Autos anwesend. Dann, kurz vor meinem Ziel, nur noch einmal links abbiegen, da sehe ich direkt links an meiner Scheibe, als ich abbiege, den Radfahrer. So dicht, daß ich ihn bei offenem Fenster hätte riechen können. Die Sonne hatte geblendet. Eine Sekunde eher und das Blaulicht hätte auch hier kommen müssen.

– Psychiater: Und?
– Ich stand da und faltete meine Hände. Ich dankte!
– Gott?
– Nein, dem Zufall!

SCHNITT: *Der rötliche Mann will mir das Kind abgeben, dieses sei der Besuch. Der links von mir stehende Dunkelhaarige nickt mir lächelnd zu. Ich frage den Rötlichen, wie es aussehe mit Guten-Tag-Sagen? Er schüttelt den Kopf. Er sei zwar sein*

Cousin, aber sein Auto warte auf ihn. Ein blaues Auto, ich weiß es, obwohl ich es nicht sehe, aber eine Erinnerung sagt mir, daß es blau sei. Dieses metallene Blau, welches ich mit Schlitten, amerikanischer Schlitten oder so etwas in der Art, zusammenbringe. Sein Cousin muß der Mann im Haus sein, dieses männliche Wesen. Das Kind oder was es ist, schaut eindringlich, fängt an zu lächeln und verliert plötzlich seinen Schrecken.

„Ist sie Ihre Patientin?" – „ Nein. Sie ist – sagen wir mal, eine gute Bekannte. Irgendwann trafen wir uns dienstlich, das Gespräch lief in eine völlig andere Richtung. Ich zeigte ihr, wie ich Patienten behandle. Lasse sie sich auf die Couch legen und erzählen. Sie lag dann auch, erzählte etwas von Kupferschraube, als die sie sich an die Zimmerdecke gedrückt sah."
Alois Mertens lächelte. Er kannte Dr. Patt, den er immer nur auf Kongressen sah, nicht so gut, als daß er ihm hätte sagen können, daß er Schraube im Moment mit SCHRECK in Verbindung brachte.
„In unregelmäßigen Zeitabständen sehen wir uns. Ich weiß nicht so recht, was ich glauben soll. Diese Geschichten, für mich erscheinen sie wie ausgedacht. Solche exakte Erinnerung, so etwas wird in der Literatur kaum beschrieben. Frauen erinnern sich ja häufiger als Männer. Ich selbst träume nie. Oder doch, ein Traum, zwar wiederkehrend, in dem ich meine Zähne verliere.

74

Aber ich habe weder Probleme mit meinen Zähnen, noch mit meinem Zahnarzt."

„Wer weiß, woran Sie sich nachts die Zähne ausbeißen", lachte Dr. Mertens, „welche Themen Sie unbewußt in der Nacht bewältigen möchten. Aber diese Frau, erzählt sie Ihnen immer ihre Träume?"

„Ja. Ich bin ja Psychiater und Psychoanalytiker. Mit dieser Frau, die ich bitte, auch ihre realen Erfahrungen in ihre Traumberichte zu streuen, diskutiere ich. Vieles vom Erlebten, teils Gehörtes, was nicht von unmittelbarem Interesse ist, wird verarbeitet. So vermischt, kommen scheinbar irre Kombinationen zustande. Und diese Träume mit den unzulänglichen Toiletten: diese Träume kommen oft vor. Und zwar kurz bevor Karla, also die Frau, wach wird. Sie geht dann real auf Toilette. Diese fast als Alpträume zu bezeichnenden Träume würden hier ihren Sinn haben. Den nämlich, nicht einfach ins Bett zu urinieren. Weil es schier unmöglich ist. Der Blasendruck ist sicher auslösendes Moment für diese Art von Traum. Schmutzige Toiletten oder kaputte Bekken. Oder Toiletten, die unerreichbar sind, weil sie sich an unmöglichen Orten oder Höhen befinden. Oder die keine Türen haben, weshalb man beobachtet werden könnte. Hier erweist sich der Traum als Schutz! Hier besitzt er seine Funktion, und wenn es nur die ist, nicht einzunässen! Es ist schon richtig, daß wir die

Träume als neuronale Prozesse betrachten, aber das ist es eben nicht allein."

„Haben Sie diese Träume denn schriftlich fixiert? Ich beschäftige mich ja mit Untersuchungen zum REM-Schlaf. Bisher war ich, bin es eigentlich noch, der Meinung, daß es rein physikalische Ursachen sind. Elektrische Reizung der Neuronen, zufällige Erregungsmuster im Hirn. Die Unbeweglichkeit in der REM-Schlafphase, und der Cortex ..., das Hirn versucht dann einfach, einen Einklang zu erzeugen und ohne Sinn und Bedeutung entsteht der Traum."

Clemens Patt lächelte: „Ich habe es mit Band aufgezeichnet, und mein Computer hat es mir über Spracherkennung in Textform gebracht. Karla schreibt ihre Träume auf, oder sie teilt sie mir telefonisch unmittelbar nach dem Erwachen mit. Für mich manchmal ungewöhnliche Geschichten und die zu ungewöhnlichen Zeiten, aber ich schneide sie mit. Das Hirn spinnt nicht einfach etwas zusammen. Viele Teile des Hirns arbeiten für das Gedächtnis. Im Traum werden Gedächtnisinhalte verarbeitet. Interessant ist zum Beispiel Autofahren. Als Karla nur den Mopedschein hatte, noch nichts vom Autofahren verstand, beschleunigte sie das Fahrzeug nicht über das Gaspedal, weil sie es noch nicht kannte, sondern am Lenkergriff, so wie sie es mit dem Moped gemacht hätte. Sie saß aber im Auto. Man könnte ja sagen, der Traum spiele keine lebensnotwendige Rolle. Zumal, die, die nicht träumen, dann keine Überlebenschance hätten. Aber zum einen erinnert sich nicht jeder an seinen Traum, was ja heißen könnte, es träume doch jeder. Zum anderen gibt es ja viele Funktionen unseres Körpers, derer wir uns nicht bewußt sind, die aber lebensnotwendig sind. Wie zum Beispiel unser Immunsystem. Ob wir daran denken oder nicht, es funktioniert, oder eben nicht. Unabhängig von unserem Bewußtsein."

Alois Mertens bewegte seinen Kopf nach vorn, als nickte er: „Wir diskutieren ja, daß im REM-Schlaf das Gedächtnis verfestigt wird. Aber ein paar Fragen habe ich: Fliegt sie? Fliegt sie im Traum? Das soll ja bei der Einschlafphase der Fall sein. Weiß sie denn, wann sie träumt? Haben Sie sie noch nicht an ein Schlaflabor überwiesen?"

„Das haben wir noch nicht besprochen, das mit dem Schlaflabor. Sie fliegt, zur Flucht oder zum Überwinden von Entfernungen. Alles in Brustschwimmbewegung, manchmal unter Wasser mit bewußtem Luftholen. Das zeige ihr dann an, daß es ein Traum sei. Dieses Luftholen. Wenn sie flüchtend fliegt, müsse sie unbewußt fliegen, sonst verlöre sie an Höhe. Im Schlaf träumt sie, wobei sie den Eindruck hat, als wäre es immer kurz vor dem Erwachen."

Mertens bewegte sich mit dem ganzen Oberkörper nach vorn, wieder zurück: „Hatte sie denn schon luzide Träume? Ich frage, weil nach der Pause noch Thomas Metzinger dazu spricht, wohl auch zu außerkörperlicher Erfahrung. Hatten Sie schon mal mit ihm über ihre Traumfrau gesprochen?"

„Nein", sagte Clemens Patt, „ deshalb bin ich heute auf dem Kongreß, um ihn erst mal zu hören. Ich kenne auch noch nicht sein Buch. Also, richtige Klarträume hatte sie schon. Aber das beunruhigt sie nicht. Schlimm findet Karla nur, daß sie sich irgendwann am Tag an etwas erinnert. Ein Déjà-vu, und sie bekommt nicht heraus, ist es wirklich erlebt oder war es nur erträumt. Das macht ihr angst."

Dr. Alois Mertens schaute auf seine Uhr: „Es geht los, der Vortrag von Dr. Metzinger beginnt. Er ist übrigens Philosoph!" Sie betraten gemeinsam wieder den Kongreßsaal und nahmen an verschiedenen Stellen ihre Plätze ein.

Mertens blickte konzentriert zum Rednerpult. Er hatte das Buch „Der Ego-Tunnel" im Vorfeld des Kongresses gelesen. So war ihm jetzt vieles vertrauter, er konnte besser mitdenken, und seine Fragen würden über den Vortrag beantwortet werden. Wenn nicht, hatte er die Möglichkeit zur Nachfrage im Diskussionsteil. Plötzlich wurde ihm warm, er zog sein Jackett aus. Sein Blick wurde abgelenkt durch einen glitzernden Effekt neben dem Rednerpult. War es das Metallgeländer, welches nach oben zur Bühne führte? So was durfte doch nicht sein. Er guckte angestrengt auf diese glitzernde Stelle, erkannte zwei schwarze Augen, blitzend in einem großen Gesicht. Nun starrte Mertens angestrengt zum Geländer. Er erkannte einen dunklen Körper, vor diesem Hände, gegeneinander gedrückt wie zum Gebet.

Ihn schauderte.

Die Hände bewegten sich vor der Brust nach oben, schoben sich schräg auseinander als setzten sie zum Brustschwimmen an. Und das *Es* flog auf und davon.

Hannas letzte Nachricht

Sein Ellenbogen war eingeschlafen, zu lange hatte er darauf gelegen. Trotzdem schaffte er es, beim ersten Ton mit ihm den Wecker auszudrücken, ohne sie zu wecken. Er drehte sich von der Seite auf den Rücken, streckte den Arm weit nach rechts, weiter, hob die linke Schulter an, um noch weiter zu kommen: nichts! Kalt fühlte sich das Bettlaken an. Er zog den Arm zurück unter die Bettdecke. Langsam öffnete er seine Augen, er suchte das Bett ab, nach ihr! Mußte er sich erinnern oder sich Sorgen machen? Nicht so früh am Morgen. Mit einem Stöhnen wälzte er sich aus dem Bett, ging zur Toilette. Die Duschkabine ließ er trocken, er betrachtete seinen nachsprießenden Bart. Das Rasieren konnte noch einen Tag warten. Er spritzte sich etwas Wasser ins Gesicht, ließ länger kaltes Wasser auf einen Waschlappen laufen, den er auf seine Augen drückte. Das erste Gute, heute morgen. Den Waschlappen, nochmals richtig unter fließendem Wasser kalt gemacht, nahm er mit, als er zur Küche ging, hielt ihn abwechselnd an das eine, mal an das andere Auge. Er nahm die Kanne aus der Kaffeemaschine, es war ein kalter Rest darin, den er sich in der Mikrowelle mit etwas Milch aufwärmte. Eigentlich trank er morgens keinen Kaffee, nur heißen Pfefferminztee mit zweieinhalb Teelöffeln Zucker. Aber der war nicht gekocht worden.

Er blickte auf die Uhr, auf den Küchentisch, auf dem sich die Hefter befanden, daneben verschiedene Zettel, beschrieben mit Dingen, die zu erledigen seien. Er würde bald einen Hefter für all diese Zettel brauchen. Heute mußte er nach Caputh zur Tagung, das wußte er auch ohne Zettel. Da hatte er sich noch nicht vertan. Seine Mundwinkel verzogen sich leicht nach oben, als er an seinen Kollegen Paul dachte, der es fertig brachte, zur Mittagszeit festzustellen, daß er seine Arbeitstouren fuhr, statt auf der Tagung zu sein. Hundert Kilometer hatte Paul fahren und das Gelächter der Kollegen über sich ergehen lassen müssen.

Er blickte wieder auf die Uhr, er mußte los. Er zog den Anzug an, der wie immer mit dem passenden Hemd und Krawatte griffbereit auf dem Bügel hing. Bequem, mußte er bemerken. Wo war sie nur. Bevor er zum Wagen ging, wühlte er in dem Zettelhaufen. Vielleicht war da doch eine Nachricht? Nichts! Macho? Ihre Stimme hörte er, wie sie *Macho* sagte.

Er stellte sein Navigationsgerät an, eine sanfte Frauenstimme ertönte. Wenn er ein Macho wäre, hätte er dann eine Frauenstimme gewählt, die ihn durch die Welt kommandierte? Biegen Sie links ab. Am Ende der Straße biegen Sie links ab. Ja, richtig. Er hatte die Adresse des Tagungshotels eingegeben. Die Abbiegung zur A9 war richtig. Die Stunde genoß er, mit gleichmäßigem Fußdruck auf das Gaspedal näherte er sich allmählich seinem Ziel. Abfahrt Ferch, soviel wußte er vom gestrigen Kartenblick, war richtig. Er konnte sich auf diese Frau verlassen, oder wenigstens auf diese Stimme. Was, rechts? Doch nicht rechts, er wollte doch nicht auf die Autobahn zurück! Er fuhr geradeaus. So einen Mist konnte er sich doch nicht vorschreiben lassen! Das Navigationsgerät färbte seinen Weg wieder braun, also hatte er richtig gehandelt! Doch hatte er eben bemerkt, daß nach der Auffahrt zur Autobahn eine weitere Seitenstraße auf dem Navigationsbildschirm angezeigt wurde. So klein, daß er sie als solche in Wirklichkeit gar nicht wahrgenommen hatte. Er kehrte um, das Navigationsgerät ging nicht mehr mit, nein, bitte wenden Sie. Er schaute auf die Uhr, auf die verbleibenden Kilometer, rechnete die Ankunftszeit aus, die er mit der Angabe auf dem Navigationsgerät verglich.

Gut, ich habe entschieden, also fahre ich auch so. Er wendete nochmals, und er nahm den Weg, der sich lang und länger schlängelte bis hin zum Hotel.

Dort angekommen, parkte er seinen Wagen. Er war wohl der erste, schäkerte mit der adretten Kellnerin, die ihm seinen heißgeliebten Pfefferminztee mit exakt zweieinhalb gehäuften Teelöffeln Zucker brachte. Es war sonst niemand da, so daß er seine Neugierde stillen konnte: „Dieses alte Schild nach Caputh, geht da wirklich ein Weg ab?" – „ Ja, ein Weg schon. Aber schlecht befahrbar. Huckelpiste, Schlaglöcher, Sie brauchen gute Stoßdämpfer. Allerdings hätten Sie drei bis vier Kilometer gespart. Aber ich bin ihn noch nie gefahren."

Drei seiner Kolleginnen kamen an, nahmen den Kaffee, der in Kannen bereitstand. Hatte wohl keine den Mumm, nach Extras zu fragen. Er gesellte sich hinzu, Begrüßung, Küßchen. Sie wußten, was sie an ihm hatten. Warum nur Hanna so spröde war, er würde sie anrufen. Wo war sie überhaupt nur? Seine Kolleginnen hatten den anderen Weg genommen. Ja, Huckelpiste, aber landschaftlich wundervoll. Er grämte sich etwas, liebte er doch das Abenteuer. Für den Rückweg würde auch er die Huckelpiste nehmen. Er wollte schließlich wissen, was ihm an Landschaft entgangen war.

Mittlerweile waren alle Kollegen da. Die Tagung begann. Auswertung der letzten Verkaufszahlen, Ausblick in die Zukunft. Zukunft. Was würde aus ihnen werden? Was will Hanna? Oder ist ihr etwas passiert? Er zuckte zusammen. Mußte er sich Sorgen machen? Er ging in Gedanken durch, was er gestern abend gemacht hatte. Sie waren beide zu Karl und Anna gegangen. Sie hatten was getrunken. Ja, die dicken Augen, er erinnerte sich an die kühlen Waschlappenmomente heute morgen. Was war gestern passiert? Er stöhnte.

„Ja, Kollegen, da kann man wohl stöhnen beim Anblick der Umsatzzahlen der Konkurrenz!" nickte ihm sein Kollege zu.

Ben mußte sich zusammenreißen, er war schon froh, daß keiner seine geschwollenen Augen bemerkt hatte. Der schöne Ben! Gestählter Körper durch wöchentlich dreimaliges Training. Er riß sich zusammen. Ging nach vorn, stellte seine Ansicht zur Diskussion, wie der Umsatz locker zu steigern sei. Er erwartete jedoch keine Diskussion, er erwartete Applaus! Er war ein Erfolgsmensch, jung, dynamisch, er war beliebt bei den Frauen, die männlichen Kollegen mußten ihn achten, auch wenn sie ihm manches neideten.

Es passierte, was passieren mußte, sein Vorschlag wurde angenommen.

Zufrieden ging er zu seinem Platz, doch kam er nicht zum Hinsetzen, die Pause wurde eingeleitet mit dem Gang zum Mittagsbuffet.

Ben legte sich irgendwelche gegrillten Fleischteile auf seinen Teller. Jetzt war er nicht wählerisch. Er hatte einfach Hunger. Paul setzte sich neben ihn: „Wie geht's Hanna, erzählst heute gar nichts?" – Ben kaute. Er wollte nicht sprechen. Was auch, er wußte doch selbst nichts. Paul zog aus seiner Jackentasche ein Etui. „Hier, schau, was ich meiner Frau gekauft habe. Vor zehn Jahren haben wir uns kennengelernt." Ben drehte leicht den Kopf. Seine Kolleginnen waren um so neugieriger. „Zeig mal", sagte Karin, „ist ja interessant, was ihr Männer so verschenkt! Ich habe meinen Mann gefragt, ob er ein schlechtes Gewissen habe, als er mir neulich eine Kette schenkte. Und er hatte nur erwidert, seinem Freund sei die Frau abgehauen, ohne daß sie einen anderen gehabt hätte. Das heißt, er will mich mit goldenen Ketten festhalten." Alle lachten, Ben lächelte nur. Sein Hunger war weg, trotzdem hatte er ein flaues Gefühl in der Magengegend. Irgend etwas drückte. War es einer der Schnäpse vom Vorabend oder klopfte das Gewissen an die Magenwand?

„Ich muß mal telefonieren", entschuldigte er sein Aufstehen noch bevor der Espresso gebracht wurde. Er wählte Hannas Nummer. Es klingelte, er hörte ihre Stimme. Es war jedoch nur ihre Mailboxansage. Er rief Karl an: „Ist Hanna bei dir?" – „Ja, klar ist Anna bei mir, fast immer, warum, willst du sie sprechen?" Paul kam vor die Tür: „Ben komm, es geht weiter."

„Dann grüß Hanna von mir! Tschüß, ich meld mich später." Im selben Moment, in dem er auflegte, fragte er sich schon, was er da mit Karl geredet hatte. Und Hanna war bei Karl? Schon etwas seltsam, warum war sie dann nicht an ihr Telefon gegangen? Er hatte nichts auf die Mailbox gesprochen. Sie würde ja seine Nummer sehen und damit wissen, daß er angerufen hatte.

„Bist du wieder dabei, Ben", mahnte ein Kollege. Ben schaute auf die Uhr, noch zwei Stunden, dann würde er nach Hause fahren, natürlich die Huckelpiste entlang. Dieser Gedanke beruhigte ihn ungemein, zufrieden hörte er jetzt aufmerksam zu, was seine Kollegen noch zum besten gaben.

Er schaltete sein Navigationsgerät an und gab die kürzeste Strecke zur Autobahn ein. Das Gerät suchte, zeigte aber an, keinen Empfang zu haben. Er versuchte, Hanna zu erreichen, leider ertönte wieder nur ihre Stimme auf der Mailbox. Ben fuhr los, die Technik verfluchend, nahm die kleine Seitenstraße, nach der er sicherheitshalber die Kellnerin gefragt hatte.

Es fuhr sich besser als erwartet. Zwar war die kleine Straße feldwegartig schmal und nicht asphaltiert, doch im zweiten Gang waren die Löcher, die sich hier und da auftaten, kaum spürbar, wenn er durch sie fuhr. Große Bäume zogen an ihm vorbei, dem Stamm nach waren es wohl Platanen. Ein Platanenstamm war besonders wuchtig, die Sonne schien sanft durch das Geäst des Baumes. Ihm wurde warm ums Herz. Eine Stimmung der Zufriedenheit kam in ihm auf, so wie damals, als er Hanna kennengelernt hatte und sie beide auf der Bank im Park gesessen hatten. Die Sonne schien ähnlich, das Licht erinnerte ihn an dieses Gefühl. Er hatte sie im Arm gehalten. Ohne Worte, doch in vollster Harmonie. So einfach, einfach nur Sonne, Ruhe. Eine Innigkeit, alles wird gut und schön, die Vorfreude auf etwas, was keiner von beiden kannte. Warum war das alles nur noch Erinnerung? Es kostete doch nichts. Einfach nur abschalten, nur genießen. Was trieb ihn denn? War es die Arbeit, die Kollegen, Freunde, die etwas von ihm erwarteten? Jung und dynamisch, wie lange konnte er das von sich behaupten? Wem mußte er was beweisen?

Neunzehn Jahre, zwanzig, waren es, die sie sich kannten. Ben wunderte sich ob seiner Sentimentalität. Er schob es auf seine Müdigkeit, auch wenn er heute zur Tagung nur wenig gesagt hatte, bemerkte er eine gewisse Schläfrigkeit, die ihn überkam. Er hätte einen Kaffee trinken sollen, so wie die anderen, bevor sie sich alle verabschiedet hatten. Er dachte an Hanna. Ja, er liebte ihre Kratzbürstigkeit, die sie zuweilen an den Tag legte. Eine gewisse Katzenartigkeit, die ihr anhaftete. Er mußte lachen. Ja, was wußte er von ihr? Sie schnurrte, wenn er mit ihr schmuste. Sie entzog sich aber auch derb, wenn sie nicht wollte.

Und wo sie den ganzen Tag umherschlich, interessierte ihn gar nicht. Es reichte, wenn sie da war, ihm seinen Pfefferminztee kochte, seine Anzüge und Hemden in Schuß hielt. Er hatte gerade mal ihre Telefonnummer. Er griff zum Handy. Kein Netz. Ben warf es hinter sich auf die Rückbank. Er wunderte sich, hatte er doch dabei nicht geflucht! Er vergaß, wo er war und trat voll aufs Gas. Plötzlich gab es einen Hieb, der Wagen kam leicht ins Schleudern, kurz vor einem massiven Stamm brachte er ihn zum Stehen. Mist! Er saß erst ganz ruhig, wollte zunächst gedanklich durchgehen, was passiert sein konnte. Stoßdämpfer, Reifen, das Geräusch der Aktion war beachtlich. Er mußte nachsehen. Vielleicht ein Ast, ein Loch, irgend etwas hatte seine Fahrt beendet. Er öffnete seine Tür, stieg, ohne nach unten zu schauen, aus. Er stürzte, war einfach so in ein Loch abgerutscht. Jetzt fluchte er. Die letzte Technik hatte ihn verlassen, der Reifen vorn war platt, ein langer Nagel steckte drin! Schweine, was mußten alle ihren Müll im Wald hinterlassen, war es doch ein Wald wie es ihn nicht schöner vor aller Industrialisierung, vor saurem Regen gegeben hatte.

Er ging zum Fahrzeugheck und öffnete den Kofferraum. Reifenwechsel, ob das bei diesem weichen Boden überhaupt ging? Wann hatte er seinen letzten Reifen gewechselt? Als Jugendlicher mit seinem Vater, da gab es auf einer Auslandsfahrt mindestens einen Platten, er erinnerte sich an eine Fahrt mit zwei

Reifenpannen. Damals wurden die Reifen vulkanisiert. Heutzutage, wenn überhaupt noch ein Reifen kaputt ging, gab's sofort neue! Erst als er sich ins Auto beugte, verspürte Ben den starken, stechenden Schmerz im linken Knöchel. Er humpelte nach vorn, setzte sich wieder auf seinen Fahrersitz. Er zog den Schnürsenkel auf und schob den Schuh vorsichtig vom Fuß. Er streifte die Socke nach unten, fühlte drückend mit der Hand den Knöchel entlang. Zum Vergleich machte er seinen rechten Fuß nackt. Das hätte er sich sparen können, denn als er die Füße vergleichen wollte, war der linke schon so stark geschwollen, daß er nicht einmal mehr in den Schuh paßte. Reifenwechsel konnte er vergessen. Zurücklaufen, um Hilfe zu holen? Mindestens einen Kilometer war er seit der Abbiegung gefahren, wenn nicht noch mehr. Das wollte er sich nicht zumuten. Nicht barfuß! Oder doch? Seine sportlichen Aktivitäten begrenzten sich ausschließlich auf das Innenraumtraining. Im schicken Dreß, farbig passend aufeinander abgestimmt. Und jetzt? Auf Krücken, die er nicht dabei hatte, Anzug ohne Halbschuhe, schwitzend, mit schmerzverzerrtem Gesicht? Er stellte sich die hübsche Kellnerin vor, wie sie guckte, wenn er so auftauchte. Nein! Nicht Ben! Nicht so! Jetzt wäre ein Handy gut, eins mit Empfang! Er blickte auf die Uhr. Bald würde es dunkel werden. Im Finstern würde niemand hier entlang fahren. Ben stöhnte, er würde hier im Auto übernachten müssen. Hanna würde ihn vielleicht vermissen? Was machte sie bei Karl? Karl und Hanna? Karl und Anna? Hatte er sich verhört? Vielleicht! Aber hier, ohne Netz wäre er unerreichbar. Hanna könnte Paul anrufen, aber ob sie dessen Nummer hätte? Und ob Paul denn wüßte, daß er diese Huckelpiste fahren wollte? Ben war ja viel zu schweigsam gewesen. Er mußte auf einen weiteren Verrückten warten, der ihn in der Frühe, wenn es wieder hell werden würde, fände.

Er schaltete das Radio an. Griechenland, Benzinpreise, jahrelang verschlampte und nichtgewartete Stromnetze, Strompreiserhöhungen, schuld an dem waren Sonne und Wind. Früher waren es Frühling, Sommer, Herbst und Winter, die jedweden Schlamassel begründeten.

Momentan war nichts mehr von der Sonne zu sehen, ein leichter Wind zog auf, das Autothermometer zeigte sechzehn Grad Celsius an, er würde nicht erfrieren. Er schaltete das Radio wieder ab. Er hatte nur mit halbem Ohr hingehört. Jetzt schwirrten alle möglichen Gedanken durch seinen Kopf. Fragen, die er sich immer schon mal gestellt, aber nie beantwortet hatte. Als Getriebener ging es für ihn schnell und immer schneller weiter. Die Zwangsrast tat ihm gut. Die Ruhe.

Bis vor kurzem hatte er sich gewundert, daß die Griechen ihre Abstimmung mitternachts tätigten. Daß Politiker mit dem größten Durchhaltevermögen, die bis tief in die Nacht Probleme aussaßen, auch die größte Durchsetzungskraft besaßen. Und jetzt, da ihm die Augen zufielen vor lauter Müdigkeit, kam eine gewisse Emotionalität durch, das Bauchgefühl. Und wenn die emotional gefällten Entscheidungen dann schriftlich fixiert, also festgehalten wurden, enthielten sie wohl den größten Wahrheitsgehalt. Wie war dein Tag, Schatz? Wann hatte er je danach gefragt? Das übermüdete, durchnächtigte Hirn filterte gedanklichen Müll heraus, aber das klar Gedachte war oft nur für den Augenblick greifbar. Jede versuchte Konzentration auf die sonst so wichtigen Themen im Leben verlief im Nebel. Sollte er eine Notiz machen: Schatz fragen, Interesse zeigen? Er verwarf es als sentimentalen Quatsch, für Privates brauchte er keine Zettel. Da ließ er sich mal durch sein Gefühl leiten. Und in diesem Moment hatte er andere Gefühle. Ben setzte sich unter Schmerzen auf den Beifahrersitz, drehte die Lehne weit nach hinten und schob den Sitz zurück. Seinen linken Fuß legte er vorsichtig auf den Fahrersitz. So ein bißchen erhöht, das war momentan das einzige, was er für seinen Fuß tun konnte. Ein Handtuch, welches zwar wegen seines ständigen Aufenthalts im Auto, für gewisse Eventualitäten vorgesehen, etwas roch, drehte er zur Rolle und steckte es sich unter den Hals. Dann deckte er sich mit seinem Jackett zu. Ob Hanna, ob Hanna mit Karl? Müßte er ihr eine Kette oder irgendwelchen Klunker kaufen? Trug sie überhaupt Schmuck? Doch, einen Ring, denn nach dem hatten sie beide gesucht. Sie hatte ihn abgelegt gehabt und wußte nicht mehr, wo. Vielleicht sollte er ihr was kaufen, vor dem Training, da hatte er noch Zeit. Das Training, morgen hätte er Training. Wenn es überhaupt ging, mit diesem Fuß! Er drehte seinen schmerzenden Fuß ein wenig. Dann schlief er ein.

Nach einiger Zeit zuckte Ben zusammen und öffnete die Augen. Es war dunkel. Er hörte ein Rauschen, wie es nur große Bäume verursachen konnten. Er mußte sich orientieren, wo er war. Alle Glieder taten weh, besonders sein linker Fuß schmerzte. Er setzte sich aufrecht, schaltete das Innenlicht an. Nun erinnerte er sich. Irgendein Knurren. Ein Tier? Aber es war nur sein Magen, der sich meldete. Er durchwühlte sein Handschuhfach nach etwas Eßbarem. Eine Tüte Gummischafe fand er von denen, die er von weichen Hotelkopfkissen mitgenommen hatte. Bisher hatte er die Tüten mitgenommen, noch nie diese Schlafschafe gegessen. Schafe zählen zum Einschlafen! Nun zählte er Schafe, aber nicht zum Einschlafen, auch kam er nur bis fünf, dann war die erste Tüte leer gegessen. Drei entdeckte er noch, in einer befanden sich sogar sechs Schafe. Die roten schmeckten am besten, aber es war nichts zum Sattwerden, mehr etwas für den hohlen Zahn. Wäre er mal zurückgehumpelt. Was zählte denn Eitelkeit gegen eine warme Mahlzeit, gegen ein Bett, in dem er seine müden und strapazierten Glieder hätte legen können? Er suchte weiter, schaute auch in den Taschen seines Jacketts nach, stieß in der linken Tasche auf Papier. Er zog es heraus, es war ein Merkzettel, wie sie auch zu Dutzenden auf seinem Küchentisch lagen. Zunächst bemerkte er nur, daß es nicht seine eigene Schrift war. Er setzte sich so, daß das funzelige Licht auf den Zettel fiel und las:

„Lieber Ben, ich hoffe, Du findest den Zettel in der Tasche, ich habe Dir Anzug und Hemd mit passendem Schlips wie immer zurechtgehängt. Ich wollte Dich nicht wecken. Du warst ziemlich betrunken, als wir Dich ins Bett legten. Bin dann mit zu Anne, wir wollen doch auf die Messe. Und da Anne näher am Bahnhof wohnt, kann ich eine halbe Stunde länger schlafen. Bis morgen Abend, Kuß Deine Hanna"

„Kuß, deine Hanna", wenn sie denn dann mal da wäre. Aber kaufen müßte er nichts. Würde auch schlecht gehen, wenn er nicht zum Training käme. Mit diesem Fuß? Hanna könnte ihm das Gel zum Kühlen geben. Er würde mit ihr den Abend zu Hause verbringen, würde extra aufs Training verzichten. Er malte sich einen schönen Abend aus. Wie Hanna sich liebevoll um ihn kümmerte. Er fühlte in Gedanken jede Rundung ihres weichen Körpers. Seine Hände bewegten sich entsprechend in der Luft, er schloß seine Augen. Er malte in den wärmsten und buntesten Farben gegen seine jetzige, mißliche Lage an. Das Rauschen sind hoffentlich nur die Bäume, sicher auch das Knacken ab und zu. Die feuchte Kälte, die durch die Ritzen des Autos zog, steuerte er mit vollster Konzentration auf seinen geschwollenen Fuß. Sich einlullend mit seiner gedanklichen Organisation schlief er ein. Hoffend, daß ihn einer fände. Und morgen war erst Donnerstag. Donnerstags und freitags gibt es immer Tagungen und sicherlich auch irgendeinen wagemutigen Autofahrer, der der weiblichen Navigatorstimme vertraute!

Frau Mandelkern lud zum Tee

Frau Mandelkern lud zum Tee. Der Donnerstag, der 22. Tag im März, bot das Thema: Frühlingsanfang.

„Wie reizend", sagte Frau Brümmer, „ein Tag nach Frühlingsbeginn!" Worauf Frau Kühn konterte: „Zwei, meine Liebe. Zwei Tage." Frau Mandelkern lächelte, es sei ein besonderes Jahr und daher habe sie auch besonderes Gebäck und besonderen Tee und für die Kaffeetrinker den Blue-Mountain-Kaffee.

Frau Kühn konnte nicht umhin, doch noch eine Erklärung abzugeben: „Wir hier auf der Nordhalbkugel müssen vergessen, was wir in der Schule lernten. Wenigstens auf diesem Gebiet. Bis zum Jahre 2048 werden wir ab jetzt jährlich nicht am 21., sondern am 20. März den Frühlingsanfang haben, danach mal am 19. oder 20. März. Aber ob wir das noch erleben werden?"

Frau Brümmer verzog nur kurz ihren Mund, schluckte, wie konnte ihr so ein Fauxpas passieren, und wandte sich an Frau Kühn: „Meine Liebe, die anderen Damen kommen auch?"

„Ja, die drei aus der Bertelstraße kommen noch", und Frau Brümmer verstehend, fügte sie hinzu: „Welch tolles Kleid Sie tragen. Das Rot steht Ihnen vorzüglich." Alle drei lächelten, Frau Brümmer war wieder versöhnt, es klingelte, die anderen Damen kamen in den Salon.

Der Tisch war wundervoll gedeckt. Das zarte Geschirr mit Rosendekor, die zu Rosen kunstvoll gefalteten Servietten zogen aller Blicke auf sich.

Frau Mandelkern ging in die Küche. Frau Lange, deren Tochter Sibylle und Frau Samland, die drei Frauen aus der Bertelstraße, folgten ihr, um sich behilflich zu zeigen.

Frau Mandelkern hatte alles gewissenhaft vorbereitet, so daß sie jeder der drei Frauen ein Tablett, beziehungsweise eine Thermoskanne mit frisch gebrühtem Blue-Mountain-Kaffee und die Kanne mit dem noch ziehenden Tee in die Hände drückte.

„Noch eine Minute, dann kann er raus!"

96

Im Salon nahmen die sechs Frauen um den prachtvoll gedeckten Tisch Platz.

„Hm… das Gebäck ist wunderbar!" – „Ja, das ist das besondere Frühlingsgebäck, in der Form von Sonne oder Mond. Buttergebäck mit 47 Prozent Persipanfüllung", antwortete Frau Mandelkern auf die Bemerkung Frau Kühns, die gern alles lobte, um später auch sanft harte Bemerkungen plazieren zu können. „Das hat wohl ´ne Menge Kalorien", fragte Frau Brümmer, die, ohne die Antwort abzuwarten, nach einem zweiten Stück griff. „Geht so, jedes Stück, ob Sonne oder Mond, hat nur 89 Kilokalorien. Paßt ja zum Frühlingsanfang, dachte ich mir, so als Tag-und-Nacht-Gleiche", lächelte Frau Mandelkern und schenkte Tee nach.

Es entspannen sich Gespräche über den Frühling zum Wetter, über das Geschirr, Rosendesign oder lieber ganz in weiß, über die neueste Serviettenfalttechnik.

Frau Mandelkern ging in die Küche, schaltete das Radio an. Sie wollte die Eistorte aufschneiden, die bis jetzt im Tiefkühlfach stand, und hörte nebenbei die neuesten Nachrichten.

Sibylle gähnte. Frau Kühn nickte: „Dieses Wortgeplänkel kann einen ja auch ermüden. Gibt es denn keine interessanteren Themen? Frau Samland, woher kommt denn überhaupt der Begriff *Geplänkel*?" – Die so direkt Angesprochene erwiderte nach kurzer Bedenkzeit, war sie doch auf solch eine Frage nicht vorbereitet: „Gut gefragt. Eigentlich ist es eine alte Kampftaktik. Den militärischen Gegner peu à peu aus der Ruhe zu bringen, ihn zu beschäftigen durch anhaltenden, wenn auch ineffektiven Beschuß. Für scharfe Attacken ist der Gegner dann gar nicht mehr gewappnet." Alle lachten. Frau Brümmer fragte nach: „Aber wir sind doch keine militärischen Gegner?" – „Nein", erwiderte Frau Samland, „bei *Wort*geplänkel spricht man eher von Neckerei als Kampf. Oder siehst du das anders, Sibylle, wir haben dich ja zum Ermüden, zum Gähnen gebracht?"

Sibylle, auf ihr Handy guckend, welches soeben gepiept hatte, sprach leise, etwas abwesend: „Scheiße, jetzt ist er tot. In der vergangenen Woche haben wir noch seinen dreiundzwanzigsten Geburtstag gefeiert."

„Um Gottes willen", sagte Frau Lange, rutschte dicht an Sibylle heran und legte einen Arm um ihre Tochter: „Ein Freund von dir? Was ist passiert? So jung. Und schon tot, dabei hat man doch das ganze Leben vor sich. Und die arme Mutter! Wer denkt an die Mutter? Der Verlust des eigenen, womöglich einzigen Kindes!"

Alle pflichteten ihr bei. Frau Brümmer wiederholte: „Erst 23 Jahre alt. Und tot. Ja, wer denkt an die Mutter? Das Kind stirbt vor ihr? Schrecklich. Wie schrecklich!"

Frau Mandelkern kam wieder in den Salon herein, Frau Brümmers Worte noch hörend: „So einem muß doch niemand nach-

98

weinen. Auch die Mutter muß nicht bemitleidet werden. Gerade die steckt doch mit in der Verantwortung." – Sibylle schrie: „Was, Verantwortung? Was kann denn seine Mutter dafür, daß er tot ist?" Sie war außer sich. „Ist doch an der Erziehung schuld", rechtfertigte sich Frau Mandelkern. Auf Harmonie bedacht hängte sie vorsichtig an: „Wir meinen doch den gleichen jungen Mann?" – Sibylle weinte: „Der Freund von Ines, einer Mitschülerin. Er wollte zur Straßenbahn, war wie immer spät dran und hat die Gegenbahn übersehen. Er wurde von dieser erfaßt", sie schluchzte, „und starb an der Unfallstelle an seinen schweren Verletzungen."

Jetzt schauten alle auf Frau Mandelkern: „Und wer ist Ihr 23jähriger Toter?" Frau Kühn konnte es nicht lassen: „Es kann nicht wahr sein, vier Jahre zu früh!" – Die Nachfrage kam von allen Seiten: „Was denn, vier Jahre zu früh! Etwa sterben?" – „Ja klar, sterben. Junge Leute sterben, wenn überhaupt, alle erst mit 27 Jahren: Janis Joplin, Jimi Hendrix, Kurt Cobain…", sie wurde von Frau Mandelkern unterbrochen: „Ja, ja, ich weiß, auch Amy Winehouse. Aber alle waren Rockstars. Mein Toter hätte noch eher sterben sollen. Er hat sieben Menschen getötet. Einfach so. Drei Fallschirmjäger, vier Juden."

Betroffenes Schweigen breitete sich im Salon aus. Die Eistorte verlor an Form. Aber darauf achtete niemand.

Frau Mandelkern ergriff wieder das Wort, sprach, und es klang für alle wie der Kurzabriß eines Agententhrillers: „Das französische Fernsehen machte eine Live-Übertragung. Die Straße war frisch geteert, eigentlich wollten sie ihn lebend. Radikaler Salafist, als mutmaßlicher Täter von der Polizei erschossen. 23 Jahre und er sei kein Selbstmörder, die Belagerung seiner Wohnung würde ihn nicht zum Selbstmord treiben, hatte er im Vorfeld erklärt. Er sei nur der Rächer für getötete palästinensische Kinder. Er protestiere nur gegen das Verschleierungsverbot. Vom ersten Stock, vom Balkon aus, sei er gesprungen, aber noch vor seinem Aufprall sei er erschossen worden. Und immer wieder das Bad. Das Bad als wichtigster Raum der Wohnung, die aufgebrochen wurde." – Frau Brümmer konnte vor Aufregung kaum zuhören: „Warum Bad? War er duschen gewesen, war er nackt?" – „Nein, vielleicht, weiß nicht. Aber eine Kalaschnikow habe er dabeigehabt und sei zum Fenster gedrängt worden. Aber mir einem Colt 45 habe er um sich geschossen. Frau Kühn, ist das das gleiche oder hatte er zwei Waffen?"

Frau Kühn erinnerte sich an *Rauchende Colts* und antwortete: „Ob er zwei Waffen hatte, vielleicht. Auf jeden Fall ist die eine von den Russen, ein leichtes Maschinengewehr. Die andere von den Amerikanern, ein Revolver. Makaber finde ich, daß er den 45er benutzt, da der auch bekannt ist als Peacemaker. Frieden wollte dieser junge Mann sicher nicht bringen. Eine sechsschüssige Trommel, was, drei Polizisten nur verletzt? Da haben die anderen ja Glück gehabt."

Frau Brümmer strich sich immer wieder über ihr rotes Kleid. „Was hat das alles mit einer frisch geteerten Straße zu tun? Weil das Fernsehen live dabei war?" Frau Mandelkern zuckte mit den Schultern. Man hätte wohl geschossen, die ganze Nacht, und Krach gemacht, um den jungen Mann nicht zur Ruhe kommen zu lassen. Feuer und Explosionen auf der frisch geteerten Straße, wahrscheinlich sei die nun auch hin.

Frau Samland trank hastig ihren Kaffee, ließ sich nachschenken, trank wieder aus und meinte leise: „Eine Nacht lang nur Geplänkel und dann das große Gemetzel! Und wem hat es genützt?"

Sibylle wischte sich eine Träne aus dem Auge. Sie hatte soeben eine Kondolenz-SMS an Ines geschrieben. Sie schüttelte ihre roten Locken nach hinten. „Wenn ich es mir so richtig überlege… Das Bad hat schon eine wichtige Funktion. Da habe ich meine erste Schwefelerfahrung gemacht." Die anderen Frauen horchten auf. Bad wurde von allen mit Spiegel, Wasser, Düften, Schönheit, später mit ersten Altersentdeckungen in Verbindung gebracht. Auf dieser Linie begann auch Sibylle: „Meine erste Kaltwelle hat mir Mutti im Bad gemacht. Im Chemieunterricht hat Herr Berger uns später erzählt, daß die Disulfidbrücken des Haares aufgespalten werden, das Haar wird weich, auf die gewünschte Lockenwicklergröße gedreht, und mit Wasserstoffperoxid werden die Disulfidbrücken theoretisch wieder hergestellt. Praktisch ist das Haar auf Dauer pfutsch! Und der ekelige Geruch? Der kommt vom Schwefel!"

„Ach, wer weiß", strich Frau Samland sich durch ihr frisch frisiertes Haar, „warum es nach Schwefel riecht. Vielleicht, weil die mit ihrer Frisur unzufriedenen Frauen mit den Füßchen aufstampfen, bis es dampft!"

Frau Lange, unbeeindruckt von Frau Samland, staunte: „Wenn du soviel weißt, Sibylle, warum gab dir Herr Berger auf dem Zeugnis nur eine Drei?"

„Weil der Chemieunterricht noch anderes abverlangt als reine Schwefelchemie." Und vom Lob der Mutter angestachelt, ließ sie die Worte weiter sprudeln: „Aber Schwefel hat mich dann auch interessiert. Ich habe doch ein paar gelbe Stückchen von Vulcano in meinem Schrank liegen. Von seiner Kellerwand gekratzten Salpeter brachte Uwe mit und Holzkohle vom Grill, bis Jürgen Schwarzpulver direkt im Laden in Bern kaufte, als er mit seinen Eltern dort Urlaub machte. Ich will nur sagen, das Bad ähnelt mit seinen Fliesen, Kacheln und Keramikbecken am besten dem Chemielabor in unserer Schule. Natrium ins Wasser geworfen, da gibt es auch 'nen schönen Knall. Und erst die Blumentopfversuche, Herr Berger sagt dazu Goldschmidt-Verfahren, da hat es so fürchterlich gekracht, daß wir die nur weit hinter dem Schulgarten durchführen konnten. Ich hab's zwar im Detail noch nicht verstanden, obwohl ich selbst alles zusammenrühren mußte. Es hat mal nichts mit Schwefel zu tun. Muß dazu jedoch noch das Protokoll schreiben. Aber schön gescheppert hat es, funktioniert hat es!" Sibylles Augen leuchteten.

Es entstand eine seltsame Stille. Sibylle schaute sich in der Damenrunde um, wurde rot und entschuldigte sich: „Tut mir leid. Ist so aus mir herausgebrochen. Ich habe nichts mit Toulouse zu tun." Niemand sagte etwas, alle schauten auf Sibylle, nur Frau Lange bis auf den Grund ihrer Teetasse. Sibylle rutschte unruhig auf ihrem Platz hin und her: „Ich hatte mir doch nur überlegt, warum das Bad in den Nachrichten diese Rolle spielte."

Aufatmen bei allen Frauen. Wobei in den Köpfen die Frage kreiste, lehrte man in der Schule den bewußten Umgang mit Chemikalien, um Zerstörung zu vermeiden, oder investierte man in künftige Gefahrenpotentiale.

„Elternhaus und Schule", überlegte Frau Kühn, „spielen doch sich ergänzende Rollen bei der Erziehung. Vater, Mutter, Geschwister, Lehrer. Der junge Mann, aus welch einer Familie stammte er denn?" – Frau Mandelkern dreht ihre Augen nach oben, holte sich Nachrichtendetails aus ihrer Erinnerung: „Ohne Vater aufgewachsen, nur Mutter und kleinkrimineller Bruder". Sie wurde von Frau Samland unterbrochen: „Wieso sagen Sie immer junger Mann. Dieser Mann ist ein Attentäter. Ein Verbrecher. Ein Mörder. Die Erziehung, wenn die an allem die alleinige Schuld trüge ... Drei der erschossenen Juden waren Kinder, einfach vor der Schule wurden sie abgeknallt. Zwei dieser Kinder waren Geschwister. Deren Mutter weint zweimal. Und das heißt nicht nur doppelte Trauer – diese Trauer muß schier unerträglich sein."

Tee und Kaffee waren ausgetrunken. Die Teerunde schien sich in Auflösung zu befinden.

Frau Mandelkern ging zu einem eichenen Schränkchen und holte sechs Gläschen und eine braune Flasche in edler Form heraus. Sie öffnete die Flasche, goß für jede Dame ein. „Wir alle hatten uns die Begrüßung des diesjährigen Frühlings anders vorgestellt. Ich habe diesen Armagnac auf meiner Fahrt mit dem TGV von Paris nach Toulouse gekauft", sie schaute auf Frau Kühn, die flüsterte: „Train à grande vitesse." – „Ich denke, er paßt jetzt." Alle nickten, hoben ihre Gläser und stießen an auf aller Gesundheit und ein langes Leben.

Frau Brümmer schüttelte sich ein bißchen, normalerweise trank sie Hochprozentiges nicht in einem Zuge aus: „Wo liegt eigentlich Toulouse genau?"

„Wo es liegt", wiederholte Frau Mandelkern, schenkte eine zweite Runde ein, kippte nach kurzem Nicken in die Damenrunde ihr Glas nach hinten, „ich befürchte, Toulouse ist überall."